AF199708

S-Bahn zum Abgrund

Erzählt von Bodo Fall

Aufgeschrieben von Lars Röper

Biografie meines Lebens

Biografie meines Lebens

Biografie meines Lebens
- Der Weg zu Ihrer Biografie

www.biografie-meines-lebens.de

Email: info@biografie-meines-lebens.de

Fuchsweg 40a

14548 Schwielowsee bei Potsdam

© 2019 Bodo Fall & Biografie meines Lebens / Fotos: privat

© Umschlagfoto: Wikipedia / Ingolf, Linien S2 und S8, 2014,

CC BY-SA 2.0

Herstellung und Verlag: BoD – Books on Demand, Norderstedt

ISBN: 9783749469772

S-Bahn zum Abgrund

Ein Tritt wie von Bruce Lee. Mein stürzender Körper. Neunundzwanzig Stufen tiefer der Aufprall. Bis jemand vorsichtig seine Jacke unter meinen Kopf schob, hämmerte ich ihn auf die unterste Stufe und begann zu schreien.

„Ich muss heim zu meiner Familie!"

Nach dem Erwachen aber gibt es die in meinem Kopf nicht mehr. Vierundvierzig Jahre sind ausgelöscht. Die Frau, die sich über mein Krankenbett beugt, die mir liebevoll AC/DC, Queen und Joe Cocker ins Koma spielte, ich erkenne sie nicht. Erinnere ihre Haare, ihre Augen und auch die Stimme nicht. Es ist meine Frau Simone. Das haben sie mir gesagt. Seit sechzehn Jahren seien wir verheiratet. Ich weiß es nicht. Sie könnten mir alles sagen. Meine Vergangenheit ist ein Loch. Nein, das stimmt gar nicht. Sie ist noch weniger als ein Loch. Seit dem Aufprall existiert sie nicht mehr in mir.

„Papa", flüstert eine junge Frau. „du lebst." Das wird meine Tochter sein. Hübsch ist sie. Gerne sehe ich sie hier am Krankenbett, auch wenn Tränen über ihr Gesicht laufen. Franziska, haben die Menschen mir gesagt, das sei ihr Name.

Ob ich glauben kann, was sie behaupten?

Habe ich eine Wahl?

„Bodo", höre ich die Stimme der Frau namens Simone einen weiteren Namen nennen. Liebevoll spricht sie ihn aus. Offenbar ist das mein Name. Bodo. „Gut", denke ich, „der Name ist OK. Damit kann ich leben."

Ich bin Bodo. Ich lebe. Doch meine Identität ist nur noch ein Gespenst. Meine Erinnerungen wurden beim Aufprall zerstört, sagen die Ärzte und meinen jenen Moment, in dem mein Gehirn wie ein Punchingball durch meinen Schädel jagte. Nach links. Zack. Nach rechts. Zack. Nach links. Nach Hause wollen und Finsternis.

Durchsichtig fühle ich mich. Würde jemand das Fenster des Krankenzimmers öffnen, könnte ein Windzug mich ins Nichts zerstäuben. Der Gedanke lässt mich frieren. Doch eine Träne meiner Frau kullert auf meinen Körper, fällt nicht einfach durch mich hindurch. Mein Körper ist zerschlagen. Aber er ist da. Der Aufprall hat nicht alles vernichtet.

„Du bist Lokführer", sagt Simone und ich schaue meine Frau an. Ich weiß nicht, ob ich ihren Namen behalten werde. Möglich, dass sie und Franziska, mein Beruf und mein Wohnort sich in mir gleich wieder in Luft auflösen. Das ist eine schreckliche Vorstellung. Was aber könnte ich dagegen tun?

„Weißt Du noch, Bodo", sagt Simone sanft, „als Du dich Heiligabend auf den Weg zur Arbeit gemacht hast?"

Ich höre, was sie sagt. Versuche zu antworten, die vier Buchstaben des Wortes Nein über meine Lippen zu bringen. Ich denke das Wort, forme es mit dem Mund. Stoße aber nichts als einen Laut aus. Irgendeinen Laut, den ich nicht wollte. Ich wollte doch das Wort. Bin ich ein Tier,

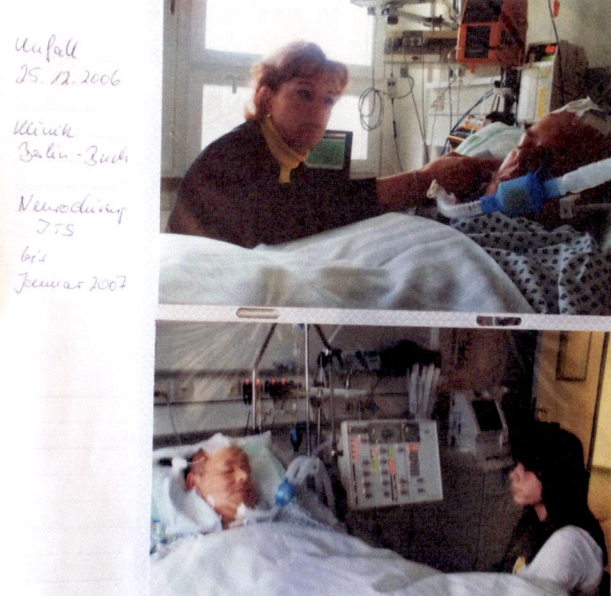

Unfall
25. 12. 2006

Klinik
Berlin - Buch

Neurochirurg
ITS
bis
Januar 2007

Mit meiner Frau Simone und meiner Tochter Franziska.

ohne meine Worte und Erinnerungen? Zu schwach für Verzweiflung oder Fragen sehe ich Simone hilflos an.

„Alles gut, Bodo. Das wird schon", sagt sie und lächelt übermüdet. Der Aufprall hat unser beider Leben zerspringen lassen. Ein 3D-Puzzle mit tausenden, oft zerrissenen oder zerfetzten Teilen. Einige von ihnen sind farblos oder durchsichtig. Niemand weiß, ob wir unsere ehemalige Welt, unser einstiges Leben irgendwie zurückholen können.

„Heiligabend", lasse ich Simones Wort auf mich wirken. Es fühlt sich gut an. Heiligabend muss etwas Schönes gewesen sein. Bald werden wir Fotos davon anschauen, Bilder von Weihnachtskugeln, einem Tannenbaum und Geschenken. „Dein Zuhause", zeigt Simone mir auf einem der Bilder ein Haus. Nur wenige Tage vor dem Aufprall hatten wir den Kaufvertrag unterschrieben. In dem Haus leben konnte ich noch nicht, würde es jetzt nicht einmal mehr erkennen. Weil ich an diesem Heiligabend aus dem Haus ging. Es war der 24. Dezember des Jahres 2006.

„Du hast mir zum Abschied einen Kuss gegeben", lächelt Simone. „Und nach all den Jahren bei der S-Bahn plötzlich diesen Satz gesagt. Hoffentlich, hast Du gesagt, gibt es nicht wieder eine Weihnachtsschlägerei."

Auch an diesen Satz erinnere ich mich nicht. War ich denn in eine solche Schlägerei geraten? Hatte diese den Aufprall herbeigeführt und mein Gehirn zum Punchingball werden lassen?

„Lokführer", hatte Simone gesagt. Und dann: „S-Bahn." Schemenhaft erinnere ich die gelbroten Waggons der Berliner S-Bahn. Auch sie sind nicht mehr als Geister, die vor meinen Augen durch die Nacht fahren. Einer ihrer Lokführer bin ich gewesen, fuhr den „Berliner Ring" in der Nachtschicht vom Heiligabend bis zum Morgen des ersten Weihnachtstages. Sah die Menschen einsteigen, Geschenke unter ihren Armen oder in großen Taschen. Wie feierlich viele gekleidet waren auf dem Weg in den Heiligabend und wieder hinaus. Andere liefen rum wie immer, ließen sich in die Nacht gleiten, tranken, rauchten, keiften, schlugen sich und blockierten die Türen. Wer am Heiligabend nicht im Schoße der Familie oder Freunde aufgehoben ist, fühlt sich besonders einsam, streift durch die Nacht, trinkt, raucht, gerät mit Polizisten und Türstehern aneinander.

Eine typische Nachtschicht. Alle paar Stationen meine Durchsage machen. „Bitte die Tür freigeben. Sonst geht's nicht weiter, Leute."

Reine Routine. Wer glaubt, das Fahren einer S-Bahn bedeute, gemütlich im Führerstand zu sitzen, Kekse zu essen, Kaffee zu trinken und an den Bahnhöfen die Türen zu öffnen, liegt falsch. Immerfort muss man raus, ab nach hinten und kontrollieren, was los ist. Woher kommt dieses Geschrei? Und warum geht die gelbe Lampe mit der Aufschrift „Tür blockiert" schon wieder nicht aus?

Was kotzt es einen an, das verdammte „Tür blockiert". Wieder raus, ab nach hinten. Was ist da los? Es kann alles sein. Ein Gegenstand in der Tür. Ein Besoffener oder fünf Nazis, die eine arme Sau gerade halb totschlagen und dazu „Stille Nacht, heilige Nacht" singen.

Mehrmals verließ ich in der Heiligen Nacht des Jahres 2006 den Führerstand, ging entlang der Waggons, betrachtete die feierlich gekleideten Menschen und schmunzelte über einige Weihnachtsmänner. Doch langsam wurde all das weniger. Mitternacht war vorüber, die feierliche Stimmung verflogen und die Betrunkenen wurden mehr. Nichts daran war ungewöhnlich. Seit Jahren kannte ich das. Schaukelte meine S-Bahn durch die Nachtschicht und bis in den frühen Morgen hinein. Um 6 Uhr erreichte ich das Abstellgleis in Gesundbrunnen.

„Feierabend", schmunzelte ich, legte meine Brotdose und die Wasserflasche in die Arbeitstasche, trat ins Freie und schloss den Führerstand ab. Müde, gleichwohl voller Vorfreude auf die Weihnachtstage, wartete ich auf die S-Bahn Richtung Pankow-Heinersdorf. Nur wenige Menschen standen auf dem Bahnsteig, als die S2 einfuhr. Fröhlich grüßte ich den Kollegen. In meiner Uniform erkannte er mich sogleich und hob ebenfalls die Hand. „Gute Heimfahrt", wird er wohl gedacht haben, während ich den hinteren Waggon betrat und mein Kollege die Türen schloss. Wie üblich pennte jemand auf einer der Bänke. Einige blieben nachts immer auf der Strecke, schliefen ihren Rausch in unseren Waggons aus oder rutschten vor Erschöpfung in den Schlaf. Etwas weiter saß ein junger Mann. Kahlrasierter Kopf, Grinsen und eine Zigarette zwischen den Lippen. Auch das ein gewohnter Anblick. Rotzig blies er mir eine Rauchwolke entgegen.

„Hey, Meister", sagte ich freundschaftlich, wie ich das immer tat. „Rauchen darfste hier nich. Weeßte ja selber."
Angewidert musterte der Glatzkopf meine Uniform und aschte ab.

„Steig doch einfach aus", machte ich meinen üblichen Vorschlag. „Dann rauchste eene und nimmst nach zehn Minuten die nächste Bahn."
Den Qualm hinter mir lassend, nahm ich einige Reihen weiter Platz und ließ mich von meinem Kollegen durchs Morgengrauen schaukeln. Ob der Raucher auf mich ge-

hört hatte? Ich wusste es nicht. Es war mir aber auch egal. Die Heilignachtschicht mit all ihren Gestalten war hart genug gewesen. Sanfte Hirten, Heilige Drei Könige, das Christuskind oder Joseph und Maria waren jedenfalls nicht darunter. Dafür streiften Betrunkene und Gestrandete wie Zombies herum.

Müdigkeit ließ mich für einen Moment die Augen schließen. Ich lauschte der S-Bahn, wie sie ihren Weg bis nach Pankow-Heinersdorf nahm. Dort stand mein Wagen. Die Straßen würden an diesem Weihnachtsmorgen leergefegt sein. Vielleicht 45 Minuten, dann wäre ich daheim.

„Ob der Frühstückstisch wohl schon gedeckt ist? Simone wird von ihrer Nachtschicht zurück sein. Mutti und meine Schwester Gudrun wollten heute morgen zum Weihnachtsfrühstück kommen. Simone und ich schlafen uns danach aus. Fränzi, Mutti und Gudrun hatten sich angeboten, den Weihnachtsbraten zuzubereiten."

In Müdigkeit eingebettete Gedanken, während die Bahn Pankow-Heinersdorf erreichte. Wie üblich hatte ich den hintersten Waggon gewählt, um nach dem Aussteigen gleich am richtigen Ende des Bahnsteigs, dort bei der Treppe zum Ausgang „Prenzlauer Chaussee" zu sein. Der junge Mann mit der Zigarette stieg ebenfalls aus und warf mir noch einen Seitenblick zu.

„Na, haste deinen Spaß gehabt?"

„Das ist mir zu blöd", erwiderte ich kurz. Schon lief ich die Treppe hinauf und sah bereits mein Auto. Wollte eben die oberste der neunundzwanzig Stufen nehmen und in den

Gang treten, als ein Schatten an mir vorbeihuschte. Ich schreckte auf, erkannte jenen Glatzkopf aus der S-Bahn, den ich mit meinem freundlichen „Hey Meister" auf das Rauchverbot hingewiesen hatte. An mir vorbeigeeilt, stand er nun plötzlich vor mir, etwas höher als ich und riss im nächsten Moment wie ein Karatekämpfer sein Bein in die Luft. Mit gewaltiger Kraft schmetterte der Fuß des Mannes gegen meinen Brustkorb und mein Körper wurde ins Treppenhaus zurückgeschleudert.

Alle neunundzwanzig Stufen hatte ich bereits erklommen, mein Auto gesehen, war fast daheim, im Feierabend und unserem Weihnachtsfest gewesen. Jetzt aber flog ich im hohen Bogen durch dieses Treppenhaus. Konnte nur stürzen. Nichts dagegen tun. „Der Aufprall wird grauenvoll sein", blitzte ein Gedanke. Da kam er schon. War noch viel schlimmer. Dann Finsternis und ich hämmerte meinen Schädel wie ein Wahnsinniger auf die unterste Stufe.

– 2 –

Der Mann, der mich am Fuße der Treppe fand, zu mir eilte und seine Jacke unter meinen Schädel schob, bemerkte den huschenden Schatten und schaute hinauf. Nur flüchtig sah er ein Gesicht, erkannte es dennoch sogleich. Es war der Sohn eines Nachbarn. Mit Schrecken dachte er an die Familie, fummelte hektisch sein Handy aus der Tasche, rief die Polizei an und ließ einen Krankenwagen kommen.

Gleich wandte er sich mir wieder zu und versuchte, mich zu beruhigen. „Der Krankenwagen ist unterwegs, alles wird gut. Bitte halten Sie doch ihren Kopf still, ganz ruhig." Wieder ließ ich meinen Schädel auf die Stufen krachen, wollte nichts als nach Hause. „Ich muss heim!", zitterte mein Rufen durch den Treppenaufgang. „Jetzt sofort, lassen Sie mich nach Hause!"

Wie ein angeschossenes Tier richtete ich mich auf und stürzte. Der Schock und die Schmerzen machten mich wahnsinnig. Am liebsten wäre ich gerannt, einfach weg, schreiend bis nach Hause und hinein in die Weihnachtstage mit meiner Familie.

Kurz darauf lag ich mit Handschellen gefesselt im Krankenwagen, das Blaulicht drehte über meinem Gesicht und das Heulen der Sirenen sägte sich in meinen sterbenden Kopf. Der Mann, der mich gefunden hatte, stand derweil mit den Polizisten im Treppenhaus der Station „Pankow-Heinersdorf" neben einer Blutlache und nannte den Namen des Täters.

„Sind Sie sicher, dass Sie ihn erkannt haben?", sah der Polizist den Mann ernst an.

„Ja", sagte mein Ersthelfer. „Ich weiß ja, wie meine Nachbarn aussehen."

Die Polizisten notierten den Namen, machten sich auf den Weg, betraten das Treppenhaus, standen vor der Tür und klingelten. Aus einer der anliegenden Wohnungen erklangen Weihnachtslieder. Es rührte sich nichts. Die Beamten klopften. Niemand öffnete und sie verließen das Haus.

„Wenn ich ihn erkannt habe", war es nur ein Gedanke, der dem Ersthelfer auf dem Heimweg durch den Kopf ging, „wird auch der Täter mich erkannt haben."

Angst packte ihn. Einen Moment verharrte der Mann, blieb stehen und beschloss schließlich, nach Hause zu gehen. Die Familie des Täters war eine zerstörte Familie. Diesen Eindruck jedenfalls hatte er immer gehabt. Eine erwachsene Tochter war beinahe hektisch ausgezogen, sobald es ihr möglich gewesen war. Der eine Sohn lebte noch bei seinen Eltern, der andere bei einer Ex und war ein Nazi.

Außer kurzen Grüßen hatte der Mann nie mit ihnen gesprochen. Ein falsches Wort, ein ungeübter Blick und die tief in diesen Menschen wurzelnde Aggression und Gewalt wäre wohl explodiert, wie es nun wieder einmal bei ihrem Sohn geschehen war.

„Seit seinem vierzehnten Lebensjahr", hatte er die Menschen im Haus sprechen hören, hätte der regelmäßig wegen Gewalt und Raub im Knast gesessen. „Nun", dachte der Mann beim Betreten seines Treppenhauses, „hat er vielleicht jemanden umgebracht."

Das Knarren der Treppenstufen unter seinen Füßen mischte sich in die unverdrossen spielende Weihnachtsmusik. Der Mann schloss seine Tür auf, betrat die Wohnung und schob den Riegel vor. „Ob er es überlebt?", dachte der Ersthelfer an mich und mein Klagen. „Ich muss nach Hause!" Wieder der dumpfe Schlag meines Kopfes auf seiner Jacke, das Blut und der Schrei: „Lasst mich nach Hause!"

Dann die Sirenen. Der Mann schloss die Augen. Noch war es still in der Wohnung.

Am folgenden Tag klopfte jemand brutal an seine Tür. Der Ersthelfer öffnete nicht. Machte keinen Mucks.

„Ich weiß, dass du Schwein da bist!", krachten nun Schläge oder Tritte gegen die Wohnungstür. Der Mann ging auf den Flur und sah die Tür zerbersten. Splitter stieben in seine Wohnung. Der Vater des Täters stand vor ihm und sah den Mann mit hasserfüllten Augen an.

Vor Angst konnte er sich nicht rühren, sah den Nachbarn sich abwenden, stand im Flur seiner Wohnung und betrachtete das zersplitterte Holz. Er würde ausziehen müssen. Sofort. Womöglich würde der Vater des Täters sonst auch ihn umbringen.

„Auch ihn umbringen", verschwanden die Wörter nicht aus dem Kopf des Ersthelfers und er dachte erneut an mich. „Ob er den Sturz über 29 Stufen überlebt hat? Kann man das überhaupt? 29 Stufen. Einfach runtergetreten. Mein Gott."

Sein Blick streifte durch die Wohnung. Der Mann betrachtete seine Habseligkeiten und begann zu packen.

Vier Jahre später bedankte ich mich bei dem Ersthelfer. Wäre er an diesem einsamen Morgen des ersten Weihnachtstages nicht in der Bahn gewesen, hätte mich nicht gefunden und Hilfe geholt – ich wäre am Fuße der Treppe gestorben. „Nur einige Minuten später im Krankenhaus", hatten die Ärzte wiederholt gesagt, „und ihr Gehirn wäre in ihrem Kopf einfach explodiert."

Noch einmal bedankte ich mich und bemerkte die fragenden Blicke des Ersthelfers. „Das Ganze ist vier Jahre her", sagte er. „Wir hätten doch früher schon einmal sprechen können."

„Wie gerne hätte ich das", stimmte ich ihm zu. „Aber ich konnte nicht sprechen. Musste es ganz neu lernen. Erst jetzt kann ich ‚Danke' sagen."

Verstört sah der Mann mich an.

„Sie haben mir das Leben gerettet", reichte ich ihm die Hand, „auch wenn nicht mehr viel davon da ist."

– 3 –

In Handschellen lag ich im Krankenwagen. Sagte nun gar nichts mehr. Nicht einmal nach Hause wollte ich. Vielleicht war ich tot. Aber die Schmerzen spürte ich: „Sie sind so entsetzlich stark. Ich kann nicht tot sein. Dafür tut es zu sehr weh."

„Notoperation und künstliches Koma", beschlossen die Ärzte in Berlin-Buch nach meinem Eintreffen. „Wir nehmen den Knochendeckel raus. Das nach dem Sturz anschwellende Gehirn braucht Platz, sonst ..."

Stundenlang operierten sie mich. Während die Ärzte den gewaltigen Knochendeckel aus meinem Schädel entfernten und eine Frankensteinnarbe meinen von allen Erinnerungen verlassenen Kopf schloss, verbreiteten sich die

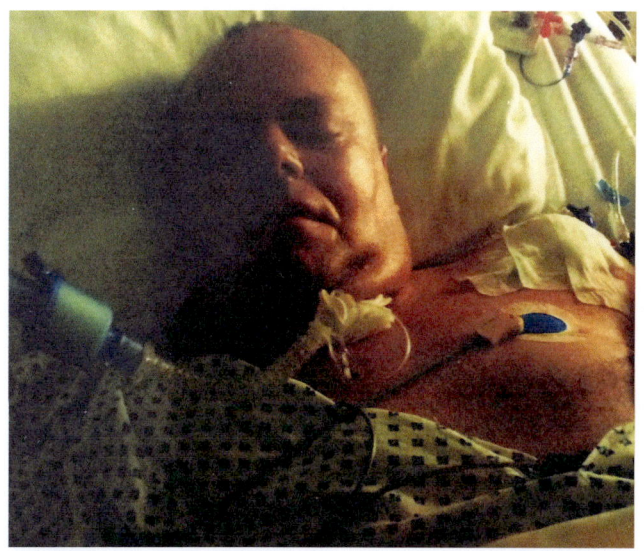

Die Schläuche riss ich mir vom Leib.

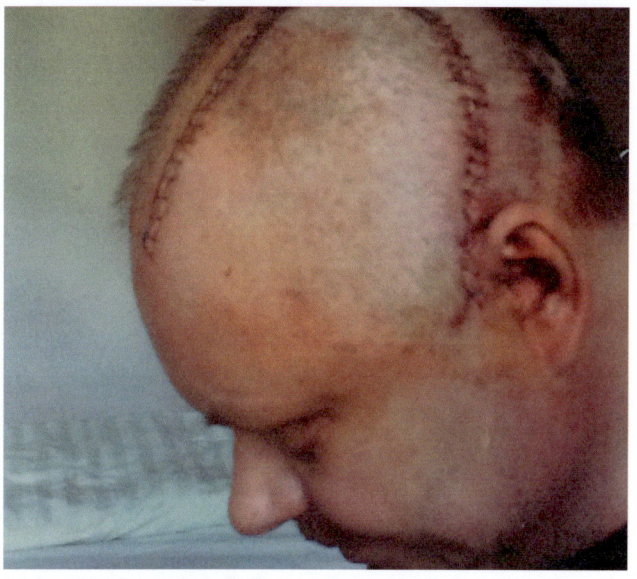

Meine „Frankensteinnarbe"

200 Anfölle hatte ich im Jahr.

Meine Tochter Fränzi gibt ihrem Papa Kraft.

Berichte über den Angriff und meinen Sturz wie ein Lauffeuer in der Stadt. Journalisten und Fotografen schwärmten aus. Fanden das Blut am Fuße der Treppe und verfassten erste Nachrichten. Meine Kollegen von der S-Bahn schreckten auf, waren entsetzt und verängstigt. Sie alle kannten doch den Terror, der besonders nachts auf den Bahnhöfen zum Alltag gehörte, und hatten die gelbe Lampe vor sich. Unser S-Bahn-Fahrer-Blog kannte kein anderes Thema als den Angriff auf mich.

„Habt ihr von dem Kollegen gehört? Bodo F.?", setzte nach dem ersten Posting eine Welle betroffener und von Entsetzen durchzogener Kommentare ein.

„Es lohnt sich wirklich nicht, sein Leben aufs Spiel zu setzen", schrieb jemand wütend und schimpfte über seinen Alltag im Schein der gelben Lampe. „Und vom Arbeitgeber wird man selbst als Täter abgestempelt. Einfach nur verkehrte Welt."

Anfang 2007 tauchte eine neue Überschrift im Blog auf: „Gestorben".

„Jetzt ist es passiert", schrieb eine Kollegin. „Ich kann es nicht glauben und bin zutiefst erschüttert. Der schwerverletzte Mitarbeiter ist an seinen Verletzungen gestorben. Ich hoffe und bete zu Gott, dass der Täter eines Tages gefunden wird."

„Wir haben deine Nachricht gelesen und sind zutiefst bestürzt", folgen zahllose Einträge: „Unser Beileid."

4

Ich lebte. Wusste nichts von dem Blog, in dem sie meiner Familie das Beileid aussprachen. Hätte die Postings nicht einmal lesen können. Konnte gar nichts lesen, riechen, schmecken und denken, nachdem die Ärzte mich am 8. Januar 2007 aus dem Koma geholt hatten, ich mich ein erstes Mal sah, ohne eine Erinnerung und mit dieser, meinen halben Schädel umspannenden Frankensteinnarbe.

Aus den Augenwinkeln sah ich die CDs auf dem Nachtschrank; die großartige Musik, die Simone mir ins Koma gespielt hatte. Mir gefiel das Cover mit dem gehörnten Typen darauf. Heute weiß ich, dass es Highway to hell war. Menschen sprachen mich an. Niemanden von ihnen kannte ich. Mein Kopf war ein Dröhnen, dann wieder ganz still. Gedanken begannen, sich zu formen. Fielen einfach wieder auseinander. Mein Gehirn schien das Denken ebenso verlernt zu haben wie das Sprechen. Jede sich aufrichtende Vorstellung von meinem Leben zerbrach und stürzte, wie einst ich, 29 Stufen herunter. Simones Finger spürte ich an meinem Kopf, unweit der entsetzlichen Narbe. Hörte sie und Fränzi an meinem Bett weinen. Wusste noch, was das war, dieses Weinen.

An meinem Körper baumelten Schläuche. Während des Schlafs riss ich sie von mir, wollte frei sein, endlich Weihnachten feiern.

Weihnachten aber war vorbei. Ein Wunder geschehen,

denn ich hatte überlebt. Anstatt einen Gänsebraten genießen und ein eisgekühltes Bier trinken zu können, hatten sie mich an die Beatmungsschläuche und die künstliche Ernährung angeschlossen. Schlucken konnte ich nicht. Weihnachtsduft würde ich nie wieder riechen können.

Die Riechfäden seien abgerissen, diagnostizierten die Ärzte. Dann vernahm ich Simones Stimme.

„Abgerissen?", fragte sie kraftlos.

„Ja, es tut mir leid, Frau Fall", antwortete einer der Ärzte. „Nervus olfactorius. Der Nerv leitet die Signale von der Nase zur Riechrinde des Telencephalons. Bei dem Sturz wurde das Gehirn ihres Mannes im Kopf herumgeschleudert. Dabei ist der Nerv abgerissen."

„Kann man ihn wieder festmachen?", fragte Simone vorsichtig.

„Nein", musste der Arzt ihr die Hoffnung nehmen. „Leider geht das nicht."

Ich hörte all das. War ansprechbar. Sagen konnte ich nichts, keinerlei Vorstellungen einer möglichen Zukunft in mir gedeihen lassen. Würde ich doch noch sterben? War es prophetisch gewesen, was die Kollegin im Blog geschrieben hatte: „Gestorben".

Nachts lag ich wach. In meinem Kopf dröhnte es. „Bodo", tauchte mein Namen darin auf und eine Frage: „Wer ist dieser Bodo?"

Sicher war ich einmal ein Junge gewesen, hatte eine Kindheit verlebt, eine Arbeit erlernt und war einem Beruf nachgegangen. „Wie kann man ohne Erinnerungen leben?", quälte ich mich mit Fragen. „Bin ich ein Tier, ein einsames Tier mit nichts als Dröhnen in meinem Kopf?"

Einige Nächte ging das so. Schließlich geschah etwas Merkwürdiges. Zahlen schwirrten durch das Dröhnen, kristallisierten sich scheinbar sinnlos in meinem Kopf. Wurden deutlicher, verschwammen, tauchten erneut auf und waren schließlich zu entziffern.

105, 106, 130, 132, 475, 476, 477, 480, 481, 485

Wie ein Geheimcode leuchteten die Ziffern in meinem Kopf. Ich verstand nicht, was sie bedeuten sollten. Gab es nicht Gelehrte, die das Universum in Zahlen zu beschreiben versuchten? Waren die Erscheinungen Anzeichen des einsetzenden Sterbens, meines Eingehens in die Unendlichkeit?

Doch ich starb nicht und die Zahlen blieben. Verbanden sich alsbald mit schemenhaften Bildern, verwackelten und wurden deutlicher. Eine große Verbundenheit spürte ich mit dem, was mir erschien. Hangelte mich an den Umrissen entlang, sah mich plötzlich und nur für einen Moment als Kind: Der kleine Bodo mit seinen drei Schwestern. Jetzt war ich ein junger Mann auf einem weißen Rennrad. Eine endlose Straße sah ich, dachte an Highway to hell. Schienen, jetzt waren da Schienen, die vor mir immer weiterführten, Schwelle um Schwelle eine endlose Strecke entlang. Plötzlich waren die Ziffern wieder da.

105, 106, 130, 132, 475, 476, 477, 480, 481, 485

„Lokomotiven", musste ich lächeln. Hatte irgendwo in mir

Die großartige „230".

Wie sehr habe ich meine Arbeit geliebt.

das hübsche Wort gefunden: Lokomotiven. Die Ziffern in meinem Kopf bezeichneten die Baureihen, die ich gefahren war. „Bodo", erinnerte ich, was Simone so liebevoll gesagt hatte, „du bist Lokführer." Später fügte sie noch ein weiteres Wort hinzu. Wie hübsch es sich anhörte.

„Königsklasse", sagte Simone und nahm meine Hand. „Du bist in der Königsklasse der Lokomotivführer. Du kannst sie alle fahren."

In der folgenden Nacht schlief ich besser. Die Ziffern in meinem Kopf waren keine geisterhaften Boten des nahen Todes mehr und das Wort Königsklasse machte mich das erste Mal seit den 29 Stufen ein wenig glücklich. Ich schloss die Augen und ließ das Gefühl seine Kraft entfalten. In diesem Moment ergriff ein Zittern meinen Körper, wurde entsetzlich, ein Zucken durchfuhr mich, der erste Anfall schoss durch meinen Körper. Nie zuvor hatte ich dergleichen erlebt. Mein Nervensystem spielte verrückt. Bevor ich den Verstand verlieren konnte, verlor ich das Bewusstsein.

5

„Ein epileptischer Anfall", erklärte uns der Arzt. „Eine Funktionsstörung des zentralen Nervensystems. Haben Sie das früher schon einmal gehabt?"

Erschrocken verstand ich, was der Mann fragte und schüttelte, begleitet von einigen unverständlichen Lauten, den Kopf. Sagen konnte ich noch immer kein Wort. Die Verbindung zwischen Gehirn und Mund, auch sie schien es nicht mehr zu geben.

Meine Frau bestätigte mein Nicken. Nie zuvor hatte ich eine Art Anfall oder etwas Ähnliches gehabt. Wie auch hätte ich sonst meine geliebten Loks fahren können? Königsklasse!

Die gottverdammte Realität nahm mir den Atem, drohte mich zu ersticken. Ein Gedanke zwang mich in finsterste Trauer: „Der Täter hat mein Leben vernichtet. Auch wenn ich nicht tot bin – meine Sprache ist es, mein Geruchssinn, der Geschmack und beinahe mein gesamtes Erinnerungsvermögen. Und jetzt hetzen auch noch diese Anfälle durch meinen Körper."

Zweihundert Anfälle im Jahr würden es bald sein. Zweihundert. Wie sollte ich damit leben?

Nachts kamen die Zahlen wieder. Verwandelten sich in meinem Kopf in Lokomotiven. Eine von ihnen fuhr an einem nahe der Bahnstrecke gelegenen Schrebergarten vorbei. Simone und ein kleines Mädchen standen zwischen den Blumen und winkten. „Das muss Franziska gewesen sein – als Kind", nahm eine weitere Erinnerung ihren Weg aus der Dunkelheit an die Oberfläche. Sicher war ich es gewesen, der mit der Lokomotive an dem Garten vorbeigefahren und seiner geliebten Familie aus dem Führerhaus gewunken hatte.

Die nächste Lokomotive, die ich sah, war schwarz, beinahe ganz im Dampf verschwunden und stieß ein Pfeifen aus, das sich fast noch besser anhörte als Highway to hell. Diesmal saß nicht ich in der Lok. Es war ein anderer Mann. Auch er winkte aus seinem Führerhaus. Drei Mädchen und ein Junge standen an der Strecke, jubelten und riefen: „Papa!"

Meine drei Schwestern erkannte ich, ebenso den Jungen. Den Jungen, der ich einst gewesen bin. Der kleine Bodo.

Wir vier Kinder winkten unserem Vater. Horst war sein Name. Er war Lokführer wie ich. Und mein Großvater, auch das wusste ich nun, war ebenfalls ein Lokführer. Drei Generationen!

Die Erinnerungen an meinen Vater waren noch da, als ich am folgenden Morgen im Krankenhausbett erwachte. Gerne hätte ich gesprochen. Versucht, mir das Durcheinander aus Träumen und Gedanken der Nacht noch einmal mit Worten zurechtzulegen. Wieder gelang es mir nicht, ein Wort zu formen. Lag in der Stille und dachte an meinen Vater. Auf wundersame Weise passte mein Schweigen zu dem Bild des Mannes, der mein Papa war. Für eine Weile versuchte ich, diesem Gefühl auf die Schliche zu kommen und stocherte im Nebel meiner Vergangenheit herum. Dann fand ich etwas, eine Erinnerung, die mich erschrecken ließ. Vielleicht hätte ich sie gar nicht wieder herausquälen sollen aus diesem Kopf mit der Frankensteinnarbe. Nun jedoch war sie da. Und was ich erinnerte, erschreckte mich und machte traurig. Meine Mutter Ruth brachte meine drei Schwestern und mich die Treppen unseres Hauses hinauf bis in die oberste Kammer des Dachgeschosses. Wir flüchteten vor unserem betrunkenen Vater. Panisch warfen wir die Tür hinter uns zu, verrammelten sie, standen atemlos und vor Angst zitternd beisammen.

Drei Jahre alt war ich an dem Tag, als mein Vater besoffen, voller Brutalität und Hass gegenüber der Welt wie ein Wahnsinniger in der Wohnung wütete. Der Alkohol ließ unseren lieben Papa zum Monster werden. Wir machten keinen Laut. Atmeten schwer. Bis mein Vater zusammensackte. Der Alkohol oder der liebe Gott hatten ihn ins Koma gezwungen. Ein Poltern, schließlich war es still in der Wohnung. „Konnte das ein Trick sein?", tuschelten wir. Womöglich wollte Papa uns nur täuschen und aufspringen, sobald wir die Tür öffneten.

Die Stille blieb. Nach einer Weile traten wir ins Treppenhaus. Reglos lag Vater vor uns auf dem Boden. Ich betrachtete ihn und spürte, dass ich niemals begreifen würde, wie Papa uns solche Furcht hatte einjagen können.

Ich wandte mich ab und ging die Treppen herunter. Wie viele Stufen es waren, weiß ich nicht.

– 6 –

„Sie haben ihn." Oft hörte ich den Satz an diesem Tag des Jahres 2007. Simone erzählte mir zwar erfreut – im Innersten aber erfüllt von Traurigkeit – davon. Die Ärzte und Schwestern, auch sie sprachen über meinen Angreifer, den die Polizei nun gefasst hatte. Nach Dresden hatte der Täter sich verpisst, schließlich doch die Wohnung seiner Ex in Berlin aufgesucht und war den Polizisten genau in die Arme gelaufen.

Wie hasserfüllt sein junges Gesicht die Beamten angefaucht haben wird, während sie ihm die Handschellen anlegten, stellte ich mir vor. Genau wie die Notärzte im Krankenwagen es bei mir getan hatten. „Macht den Mann fest!", hatten sie gerufen und mir die Schellen umgemacht. „Er steht unter Schock, windet sich wie verrückt und will nach Hause."

Sicher würde der Täter angeklagt werden. „Doch was für eine Strafe", überlegte ich, „kann die gerechte sein?" Ohne Grund trat er mich die Treppe herunter. Ich hatte ihn doch seine verdammte Zigarette rauchen lassen, ihn nicht noch einmal darauf angesprochen. Wäre der Nazi doch einfach in der Berliner Nacht verschwunden. Er aber stellte mir nach, trat zu, sah mich stürzen, die ganzen 29

Stufen, aufschlagen, beinahe wahnsinnig werden. Dann rannte er einfach davon.

„Welche gerechte Strafe", überlegte ich erneut, „kann es für so etwas schon geben? Alles ist in Scherben. Mein Leben, ja, Du Scheißkerl, mein Leben, von dem ich nur eines habe."

Ich schloss die Augen, ließ den aufkommenden Hass in der Dunkelheit meines Kopfes verschwinden und erhob mich aus dem Bett. Es fiel mir nicht schwer, mich zu bewegen. „Wunderschön geht das", dachte ich. „Nur im Kopf, da ist alles im Arsch."

Ich trat ans Fenster und sah hinaus. Unten im Café des Krankenhauses saßen einige Menschen, aßen ein Stück Kuchen und tranken etwas Schwarzes.

„Kaffee", fiel mir der Name des Getränkes sogleich ein, verschmolz mit wohligen Erinnerungen und wuchs zu einem Plan heran. „Warum nicht so einen Kaffee organisieren?", beschloss ich, verließ mein Zimmer und machte mich auf den Weg. Schwestern waren keine zu sehen. Überhaupt war niemand auf dem Gang und nichts rührte sich. Unbemerkt näherte ich mich der Stationstür und wollte eben die Klinke herunterdrücken, als das Kreischen einer Alarmsirene mich beinahe von den Füßen riss. Kaum hatte ich mich gefangen, hielten mich links und rechts Schwestern fest und begleiteten mich auf mein Zimmer.

„Sie können doch nicht einfach gehen, Herr Fall!", spürte ich ihre kräftigen Finger an meinen Oberarmen. Schon stand ich wieder an meinem Fenster und schaute runter zum Café, während die beiden sich aufmachten, das Zimmer zu verlassen.

„Ich wollte doch einen Kaffee trinken", hätte ich gerne gesagt. Doch wieder kamen nur einige tierische Laute aus mir heraus.

Warum nur hatte der Alarm geschellt? Nicht einmal berührt hatte ich die Tür. Eine Lichtschranke oder …?

Detektivisch sah ich an mir herunter. Das olle Krankenhaushemd war sicher harmlos. Was aber war mit dem Ding an meinem Handgelenk, von dem Simone mir weismachen wollte, es handele sich um eine Uhr. Die Zeit zu lesen, hatte ich eh verlernt. Sicher sollte mich der Quatsch nur vor mir selbst und meinem Weglaufen schützen. Wie auch immer, eines war gewiss: Wenn ich unten im Café einen von diesen göttlichen Kaffees trinken wollte, musste ich das Teil loswerden.

Simone lächelte verlegen, während ich ihr mühevoll den Zusammenhang zwischen meinem Armband und dem Café unten im Hof klarzumachen versuchte. Nach einer Weile hatte sich mich davon überzeugt, dass ich die vermeintliche Uhr nicht abnehmen dürfe. Allerdings hatte sie dafür meinem mit Händen, Füßen und Lauten vorgetragenen Deal zustimmen müssen: „Das Armband bleibt, dafür gehen wir runter und trinken etwas."

Es war herrlich, dort Platz zu nehmen. Ein bisschen mehr Leben als immer nur Anfälle, Krankenzimmer und Therapien durfte es schon sein. Interessiert schlug ich die Speisekarte auf. Und was lachte mich da an? Sogleich löste die Abbildung ein wohliges Gefühl in mir aus. Umgehend tippte ich mit dem Finger darauf und stellte klar, dass ich zu meinem bereits bestellten Kaffee nun genau das bräuchte.

„Eine Bockwurst?"

Simone sah mich an, als wünschte ich mir, an der nächsten Mondlandung teilzunehmen. Ich nickte, tippte wiederholt auf die Abbildung der Bockwurst und machte einen Daumen-nach-oben.

„Mensch, Bodo", wurde Simone unruhig. „Du weißt ganz genau, dass das nicht geht. Die Ärzte haben dir das Essen strikt verboten."

Wieder tippte ich mit der Fingerspitze auf das Foto der Bockwurst.

„Aber Du kannst nicht schlucken", versuchte meine Frau mich aufzuhalten. „Nachher erstickst du mir an dem Ding!"

„Tapp, tapp", machte meine Fingerspitze und Simone bestellte die Bockwurst.

Diese künstliche Ernährung würde mir noch den Rest geben, fühlte ich. Ein Glücklichmacher musste her. Und da kam die Bockwurst gerade recht, die von der Kellnerin geradewegs an unseren Tisch manövriert wurde. Während der vergangenen Wochen hatte ich derart oft das Gefühl gehabt, der Tod hole mich, da würde die Wurst mich sicher nicht erledigen.

„Langsam", mahnte Simone. „Gut kauen und dann vorsichtig runter damit." Offenbar vermied sie das Wort

„schlucken", weil ich selbiges eh nicht mehr konnte.

Ich tat, wie mir geheißen. Biss ein wenig ab, hatte das erste Stück der Bockwurst im Mund und schmeckte rein gar nichts. Auch der Senf brachte es nicht. Ebenso gut hätte ich Erdbeermarmelade auf die Wurst schmieren können. Enttäuscht wendete ich den geschmacklosen Brocken in meinem Mund und führte ihn vorsichtig an der Luftröhre vorbei der Speiseröhre zu. Treffer. Auch die Bockwurst hatte ich überlebt.

Das mühevolle Verspeisen der Wurst war auf seine Weise ein großer Moment. Erstmals näherte ich mich jenem Leben ein winziges bisschen, das ich vor dem Angriff geführt hatte. Gleich nahm ich einen Schluck Kaffee und verspürte ein wenig Hoffnung, dass die Zeiten von einst irgendwann wiederkommen mochten.

Auch der Kaffee schmeckte nach gar nichts. Ob er heiß war, lauwarm, eine Blümchenplörre oder ein brettharter Schwarzer, wie ich ihn geliebt hatte, spielte keine Rolle. Ich betrachtete den Kaffee, nippte noch einmal daran und fühlte mich irgendwie daheim. Offenbar hatten die Herren Kaffee und Bodo Fall sich immer gut verstanden. „Und diese Freundschaft wollen wir doch nicht aufgeben", lächelte ich Simone kurz an, bevor wir uns auf den Rückweg zum Krankenzimmer machten.

Während ich im Koma lag, hatte Simone nicht nur mit ihrer Verzweiflung zu kämpfen, auch die Paparazzi waren überall. Im Krankenhaus schlichen Sensationsreporter herum, suchten die Stationen nach mir ab, öffneten die Türen zu den Krankenzimmern, traten ein und schauten in die Betten.

Sie fanden mich nicht. Dann aber sah Simone eines Morgens aus unserem Küchenfenster und entdeckte sie: Gleich zwei der Reporter trieben sich, ihre Kameras griffbereit, um das Haus herum und betrachteten soeben das Klingelschild unserer Nachbarn. Zornig ballte Simone für einen Moment die Fäuste und beobachtete die Männer. Sie hatte geahnt, dass sie kommen würden. War klug gewesen, hatte die Nachbarn angesprochen, unsere Verwandten und meine Kollegen angerufen, auf dass niemand etwas über mich preisgeben solle. Die Paparazzi würden ja doch nur alles, was sie an Informationen, Gerüchten und Spekulationen über mich herausfanden, breittreten und bis zur Unkenntlichkeit verzerren. Niemand möchte ein derart gruseliges Bild von sich in den Medien finden. Schon gar nicht, wenn das eigene Leben wie eine Kerze im Wind flackert. Kurz davor, einfach ausgelöscht zu werden.

Die Reporter lungerten vor dem Haus herum, schnüffelten durch die Nachbarschaft, sprachen an, wen sie trafen, und wurden abgewimmelt. Simone hatte gute Vorarbeit geleistet. Penetrant zogen die beiden Männer weitere Kreise, riefen meine Kollegen, deren Frauen und sogar Eltern an. Irgendetwas musste doch über Bodo den Lokführer herauszufinden sein. Niemand jedoch gab etwas preis. Das nenne ich Freundschaft!

Als die Ärzte mir in Berlin-Buch den Knochendeckel in den Schädel einsetzen, waren die Paparazzi plötzlich wieder da. Sicher hatten sie es auf meine Frankensteinnarbe abgesehen – ein traumhaftes Motiv für alle Käseblätter dieser Erde.

„Zwei von der Presse haben nach ihnen gesucht", erzählte uns eine der Krankenschwestern später, wie dreist und hinterhältig die Reporter vorgegangen seien. „Einer hat uns abgelenkt", sagte sie, „der andere schlich über die Station und stöberte in den Zimmern herum."

Simone, Franziska und ich suchten uns einen Platz im Café. Gingen erst wieder auf die Station, nachdem eine Schwester uns Bescheid gab, dass der dunkelblaue Kombi der Reporter das Gelände verlassen hatte. Bald schon sollte er vor unserem Haus parken.

„Wir geben keine Auskunft!" Mehrmals hatten wir den Journalisten eine deutliche Ansage gemacht. Gleichwohl war es ihr Job, auf Teufel komm raus eine Story über meine Frankensteinnarbe und mich auf dem Redaktionstisch auszubreiten. Drei Stunden schlichen sie nach meiner Rückkehr aus Buch um das Haus. Durch das kleine Fenster im Mittelgeschoss konnten wir die beiden, ohne dass sie uns bemerkten, wie aus einem Burgfenster beobachten.

Wieder umrundeten die Männer das Grundstück, liefen durch den Garten und hätten bei der ersten Gelegenheit wohl einfach das Haus betreten. „Die Fenster und Türen", sagte Simone leise „sind alle zu."

Nach einer Weile gingen die Paparazzi die Straße herunter und wir verloren sie aus dem Blick. Der blaue Kombi stand unberührt einige Meter von unserem Haus entfernt. Sicher würden die Männer gleich wiederkommen. Fragten womöglich beim Bäcker, Fleischer oder Zeitungsladen nach mir. „Kennen Sie den Herrn Fall? Sie wissen doch sicher, dass ihm etwas zugestoßen ist?"

Nach zwanzig Minuten waren die Männer wieder da. Trieben sich erneut beim Haus herum, warteten im Wagen, schnüffelten weiter. Die Reporter gaben nicht auf und wir saßen in unserem eigenen Haus wie im Gefängnis eingesperrt.

Erst nach Stunden setzte sich der blaue Kombi in Bewegung und wir atmeten auf. Wie schrecklich beklemmend es ist, derart belagert zu werden. „Frische Luft", beschlossen wir, mussten mal raus aus dem Haus und fuhren in die Stadt. Sicher würden die Paparazzi bald wieder da sein.

Sie waren es. Kaum parkten wir unseren Wagen in der Stadt, wollten einige Besorgungen machen und einen Kaffee trinken gehen, sahen wir sie. Die Männer beschatteten uns. Blieben uns auch auf den Fersen, nachdem wir die Hauptstraße verlassen und versucht hatten, hinter einigen Häuserecken zu entkommen. Gleich waren sie wieder da. Beinahe wie Kidnapper, die Simone und mich wegschleppen und eine Geschichte aus uns herauspressen wollten.

„Verdammt, wir werden sie nicht los!", sah ich meine Frau verstört an. „Das macht einem ja richtig Angst. Die jagen uns wie die Tiere!"

„Komm!", ergriff Simone in diesem Moment meine Hand, zog mich in eine Seitenstraße, eilte einige Meter mit mir die Gasse herunter und drängelte mich in ein Geschäft.

„Wäre doch gelacht", verzogen wir uns sogleich ins Hintere des Ladens und lungerten eine geschlagene halbe Stunde zwischen den Waren herum. Irritiert guckte regelmäßig eine der Verkäuferinnen um die Ecke. „Wir schauen noch", ließ ich sie freundlich wissen. Schließlich traten wir aus dem Geschäft und hatten „leider nicht das Richtige gefunden".

Die Paparazzi waren weg. Vermutlich würden sie zuhause bereits auf uns warten. So war es dann auch. Aber meine Geschichte pressten sie trotzdem nicht aus mir heraus. Erst mein Anwalt sollte uns mit einem seriösen Journalisten zusammenbringen, der ein Interview mit mir führte und es uns gegenlesen ließ, bevor es erschien.

Während meines öffentlichen Prozesses im Juni 2007 waren die Paparazzi dann wieder da. Hockten wie die Spinnen um Simone herum, um eine gute Story zu erbeuten, fielen bei der ersten Möglichkeit über meine Frau her und beharkten sie mit Fragen.

Eben im Gerichtssaal hatte Simone nur wenige Meter neben dem Täter gesessen, dessen Gesicht gesehen und diesen Fuß, den er hochgerissen und gegen meinen Körper hatte krachen lassen. Meine Frau und einige Zeugen schilderten dem Richter meinen Fall immer wieder, Simone war voller Trauer, Entsetzen und Verzweiflung. Genau das war es, was die Sensationsreporter brauchten. Sie fingen Simone ab, bedrängten und umzingelten meine Frau. „Von uns hören sie gar nichts!", verschaffte sie sich Luft, entwand sich den Journalisten und lief zum Wagen. Wie die Geier folgten ihr die Reporter. Da aber trat Simone bereits das Gaspedal durch. Sie wollte zuhause sein, bevor die Paparazzi eintrafen.

– 8 –

Zwei Wochen und drei Tage nach meinem Fall wurde ich nachts wach, stand auf und machte mich auf den Weg zur Toilette. Auf dem Flur blieb ich stehen. Verharrte wie im Traum. Dachte plötzlich an einige Wörter, spürte sie in meinem Rachen, auf meinen Lippen und ins Freie gelangen. Es waren ruinenhafte Laute, die ich vernahm. Gleichwohl überkam mich ein Glücksgefühl. Ich hatte gesprochen. Nach fast zwanzig Tagen des völligen Schweigens hatte ich etwas gesagt. Was auch immer es war. Ganz egal. Wichtig war nur die Erkenntnis, dass ich überhaupt in der Lage war, in meinem beinahe völlig zerstörten Zustand noch wortähnliche Gebilde zu formen. Glücklich ging ich pinkeln und legte mich wieder hin.

Als ich am Morgen erwachte, hörte ich Simone, die bereits aufgestanden war. Vorsichtig ging ich zu ihr, kniete, kaum sah sie mich, vor ihr auf dem Fußboden nieder und sagte diesen einen Satz. Er war voller Fehler, klang ganz zermalmt. Dennoch verstand Simone, was ich hervorbrachte und Tränen liefen ihr über die Wangen.

„Mensch, Frau", waren meine Worte gewesen, „Du siehst heute doch super aus!" Wie ein zweiter Heiratsantrag war das gewesen. Und tatsächlich sollten wir uns, standesamtlich, wie es sich gehört, elf Jahre nach unserer eigentlichen Hochzeit, ein zweites Eheversprechen geben: Simone und Bodo – forever!

Keine zwei Wochen vor dem Angriff und meinem Sturz durch das Treppenhaus hatten Simone und ich ein Haus gekauft. Lange würde ich mein neues Zuhause nicht betreten. Die Dinge meines Lebens aber warteten während meines Aufenthaltes in der Klinik bereits dort auf mich. Und wer hatte sie getragen, Simone geholfen, den Umzug zu bewältigen, während ich im Koma lag?

Meine Kollegen! Einige von ihnen hatte Simone gebeten, beim Schleppen der Möbel und Kisten behilflich zu sein. Heimlich trommelten diese weitere Kollegen zusammen und plötzlich standen sechzehn Männer bereit – einige in unserer alten Wohnung, einige im neuen Haus, andere fuhren den Transporter. Unglaublich! Schneller als von meinen sechzehn Bahnern wurde wohl selten ein Umzug über die Bühne gebracht.

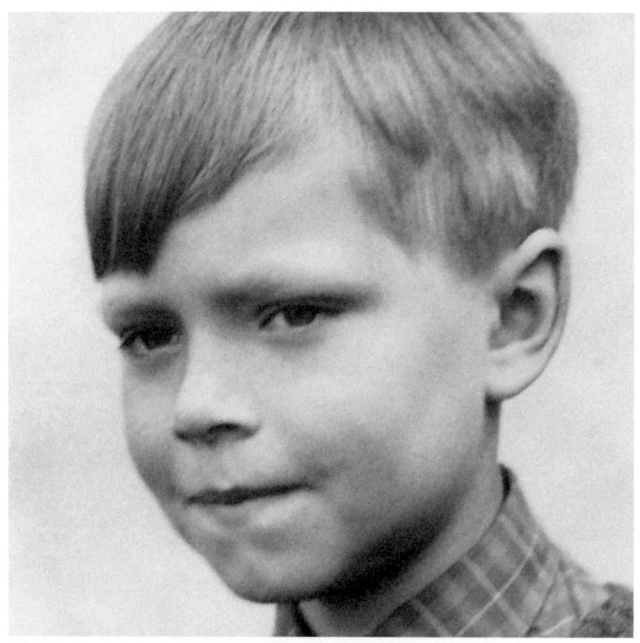

Als Junge, etwa acht Jahre alt.

Jugendweihe mit Mutti und Vati.

Lediglich Fragmente meiner Kindheit erinnere ich.
Gut, dass es diese Fotos gibt.

Die Zahlen verließen mich nicht. Die 105, 106, die 130 und 132 und all die anderen. Simone brachte mir Fotos der Lokomotiven. Auf einigen war auch ich zu sehen. All diese Loks hatte ich tatsächlich gefahren. „Bodo der Lokführer". Gut hörte sich das an.

„Königsklasse", sagte Simone erneut und gab mir einen Kuss.

Ich spürte ihren Mund und bekam Angst.

„Sehe ich nicht aus wie ein Monster?", fragte ich sie mit Blicken und einem Fingerzeig auf meine Narbe.

„Ein bisschen schon", scherzte Simone und drückte mich an sich. „Aber das gibt sich ja bald."

„Und die Anfälle", hätte ich sie am liebsten gefragt, „werden wir gemeinsam damit umgehen können?"

Beinahe täglich hatte ich während der vergangenen Wochen Anfälle gehabt. Manche waren wie kleine Turbulenzen und ließen sich durch das Schließen der Augen und etwas Ruhe beruhigen. Etliche von ihnen aber zerrissen meinen Körper mit solcher Gewalt, tobten lange in mir, bis ich zusammensackte oder einfach umfiel.

„Die meisten Paare trennen sich", hatte ich einige Patienten im Café sagen hören und bestürzt das Gespräch belauscht. „Einer bekommt Epilepsie und der andere hält es nicht aus. Schluss, aus, Scheidung."

Für Simone musste ich eine gewaltige Belastung sein. Sie war eine starke und wunderbare Frau. Was aber, wenn sie all das nicht ertrug? Mein ganzes behindertes Dasein? Die Leere in meinem Kopf? Und die Angst, mich nach dem nächsten Anfall verendet auf dem Boden vorzufinden?

Der Gedanke, Simone könne mich verlassen, riss einen Abgrund in mir auf. Bei aller Liebe zu meiner Tochter und Nähe zu meinen Schwestern, Simone war es, die ich jetzt brauchte. Sollte sie sich abwenden, krallten sich meine Finger entschlossen in die Bettdecke, würde ich mich umbringen, mir aus den ganzen Tabletten und Arzneien, die um mich herum waren, einen Cocktail mischen und in mich hineinschütten. Erfüllte das nicht seinen Zweck, konnte ich immer noch das Ding von meinem Arm reißen und die Klinik mit einem bestimmten Ziel verlassen. Ich wusste ja, wo die Schienen verliefen. Lokführer finden immer die Gleise.

„Bis das Geräusch des Zuges näherkommt", malte ich mir das Verharren auf den Gleisen aus. Sicher würde ich schon von weitem hören, welche Lok da kam. Schließlich kannte ich sie alle. Vielleicht würde es ja eine meiner Lieblinge sein – die 130 002 oder 132.

Ich hatte es nie erleben müssen, dass sich ein Selbstmörder vor meinen Zug warf, bei den Güterzügen nicht, den Tankzügen oder beim Personenverkehr. Dabei waren wir in der DDR oft ewig auf der Lok, erinnerte ich mich nun. Langsam zu befahrende Strecken allerorts, Baustellen, endlose Schichten, zweieinhalb Tage waren wir manchmal unterwegs. Die russischen Loks mit den kyrillischen Beschriftungen wurden mir zum zweiten Zuhause. Manchmal ging es zügiger voran, dann plötzlich eine Vollbremsung, wie einst auf der Fahrt nach Schwedt. Ordnungsgemäß hatte ich alle dreißig Sekunden den Kontrollknopf gedrückt und der Lok somit bestätigt, dass ich nicht eingeschlafen oder unpässlich war. Das System aber hatte eine Macke und die automatische Vollbremsung eingeleitet. Im Knirschen und Quietschen kam mein Zug auf freier Strecke zum Stehen. Ich fluchte, der Schweiß brach mir aus. Einen Fehler hatte ich nicht begangen, da war ich mir sicher. Nicht, dass die Stasi mir jetzt ebenso an den Kragen wollte, wie sie es bei meinem Vater über Jahre versucht hatte.

Das Kontrollsystem funktionierte offenbar nicht. Würde ich weiterfahren wollen – und das musste ich natürlich – galt es, die Technik irgendwie auszutricksen. Ich führte mir die unterschiedlichen Baureihen der Lokomotiven vor Augen und konzentrierte mich darauf, was ich während meiner Ausbildung und der Trainings gelernt hatte. „Die Stromversorgung für das Kontrollsystem", überlegte ich, „wo kann ich die kappen?"

Kurzerhand ignorierte ich das kyrillische Warnschild, öffnete eine Deckklappe und fummelte ein Kabel heraus. „Blau oder rot?", lächelte ich wie ein Sprengmeister, zog das Kabel raus und startete die Lok. Der Zug zog an, meine Hänger und ein grinsender Bodo rollten los und bis nach Schwedt. Die Kollegen dort waren sichtlich froh, mich zu sehen.

„Du bist spät, Bodo. Gab's Probleme?"

„'ne Vollbremsung", begrüßte ich sie. „Das olle Kontrollsystem."

Mein Gegenüber machte große Augen.

„Aber wie konntest Du weiterfahren?", wollte ein anderer Kollege gleich wissen.

„Hab's lahmgelegt", erklärte ich kurz, grinste und freute mich auf das Mittagessen. Das würde ich mir jetzt schmecken lassen.

„Schmecken lassen", dachte ich in meinem Krankenhausbett. Damit war es endgültig vorbei. Die künstliche Ernährung würde ich zwar bald los sein. Übte beim täglichen Schlucktraining, endlich wieder selbstständig essen zu können. Der Geschmack, diese großartige Dimension des Lebens aber, war mir nach dem Aufprall aus dem Hirn gerissen worden.

„Geh' mal was essen, Bodo. Deine Rückfahrt ist erst in fünfundvierzig Minuten", schickte der Kollege in Schwedt mich damals zum Imbiss. Ich nickte, machte mich aber schnurstracks auf den Weg zu meiner defekten Lok. Das sperrige Kontrollsystem musste sich doch reparieren lassen, grübelte ich, inspizierte alles und entdeckte nach einer Weile eine Abdeckplatte, die sich gelöst hatte und aus der Verkleidung gefallen war. Die Eingeweide der russischen Elektronik lagen offen vor mir. Das musste das Herzstück des Kontrollsystems sein, freute ich mich und verfolgte mit Fingern und Blicken den Verlauf der Kabel, wie sie zueinander fanden oder eben auch nicht. Ich stutzte.

„Da bist du ja, du Bastard", nahm ich einen winzigen, lose baumelnden Stecker zwischen Daumen und Zeigefinger, fummelte ihn in eine kleine Buchse und murmelte fröhlich: „Freie Fahrt voraus!"

Wie ein König betrachtete ich auf der Rückfahrt die unentwegt unter meiner Lok verschwindenden Gleise, drückte im gewohnten Rhythmus den Kontrollknopf, nahm einen Schluck Kaffee und biss in einen Hamburger. Beides hatte ich aus Zeitmangel nicht mehr am Imbiss zu mir nehmen können. Doch hier auf meiner Lok schmeckte es eh viel besser.

Die Wende hat dann auch uns Lokführer in der DDR überrollt. Im Sommer 1989 war ich noch zum Hauptsekretär befördert worden, jetzt hingen meine Kollegen und ich nur rum. Es gab keine Aufträge mehr. 1991 machten sie dann alles dicht, wickelten den gesamten Betrieb ab.
Alle müssen gehen, hieß es. Und so kam es auch. Wie traurig das war. Was hätten wir Lokführer aus zwei Ländern nicht alles voneinander lernen können. Sieben verschiedene Lokomotiven konnte ich fahren, ganz gleich, ob sie mit Strom oder Diesel angetrieben wurden. Verwirrt schauten mich westdeutsche Kollegen damals an und standen hilflos neben unseren Loks.
„Diesel? Wie bitte fährt man die?"
Ich erklärte es ihnen. Bis es auf dem Gebiet der ehemaligen DDR überall Oberleitungen gab, konnten sie die Dieselloks gut gebrauchen. „Vor der Wende", denke ich manchmal an die alten Zeiten zurück, „fuhren wir immer nach Pankow-Heinersdorf zum Tanken."
Heute ist das alles weg. Die 29 Stufen aber sind noch da.
Nach der Wende blieb mir die Wahl zwischen Arbeits-

Mit Mama und meiner Nichte Antje.

Mit Papa und Antje.

losigkeit und der S-Bahn Berlin. Natürlich wählte ich die Schienen. Fuhr viele Jahre zufrieden durch die Stadt. Bis ich die S-Bahn zum Abgrund betrat.

„Mittagessen, lieber Herr Fall", unterbrach die Schwester meine Erinnerungen. „Möchten sie heute mal vorsichtig etwas Suppe probieren?"

Ich nickte und ließ sie mir bringen.

„Sie wissen ja", wies die junge Frau mich an. „Genau wie Sie es beim Esstraining gelernt haben. Langsam und kontrolliert."

„Ja, ich danke Ihnen", hätte ich gerne gesagt. Doch mehr als ein hilfloses „daggih" bekam ich nicht heraus. Die Schwester allerdings würdigte mein Bemühen und schenkte mir ein Lächeln, bevor sie das Zimmer verließ.

Ich besah mir die Suppe. Ihr Teint war eher dunkel und mit dem Löffel konnte ich verschieden große Gemüsestücke an die Oberfläche schaufeln. Ein wenig schlürfte ich, probierte mich dann an einem der Brocken. Die Suppe war ganz OK. Noch besser allerdings war, dass es mir gelang, sie ohne Verschlucken, Würgen oder Ersticken runterzukriegen.

Zorn packte mich. Während all der Jahre bei der Bahn war ich nur zwei Tage krank gewesen. Derart hatte mich die Arbeit beflügelt und glücklich gemacht. Der Täter aber hatte durch seinen hinterhältigen Tritt einen Menschen aus mir gemacht, dessen gesamte Existenz an einem seidenen Faden baumelte. Bei einem der unzähligen Anfälle könnte dieser ebenso reißen, wie mich eine läppische Suppe umbringen würde, ohne dass ich überhaupt um Hilfe schreien konnte.

Mein Blick fiel auf den Notknopf neben dem Bett. Immerhin musste ich ihn nicht, wie auf der Lok, alle dreißig Sekunden drücken. Die Schwestern hätten ganz schön gemeckert, wenn ich in diese alte Gewohnheit verfallen wäre.

Und Simone? Sie kam täglich, war mir ganz nah und kümmerte sich liebevoll. Ebenso unsere Tochter Fränzi, Verwandte und auch Kollegen. Was aber, wenn Simone unser epileptisches, geruchloses, sprachloses und geschmackloses Eheleben nicht mehr aushielt? Den seidenen Faden, an dem mein Leben hing, ich würde ihn selbst zerreißen.

Ich führte einen weiteren Löffel Suppe zum Mund, bemerkte ein großes, zerfranst aussehendes Stück Gemüse darin und hielt inne. Meine düsteren Gedanken wurden von Erinnerungen verdrängt. Was für eine Suppe war es doch gewesen, die mir mit sechs Jahren jede Menge Ärger eingebracht hatte? Große, fettige Stücke schwammen in der Brühe und ich hatte es rundherum abgelehnt, auch nur eines davon anzurühren.

„Ess' ich nicht, die fettigen Schwimmer", stellte ich beim Abendessen klar. Meine Eltern Ruth und Horst sahen mich ebenso irritiert an, wie meine Schwestern Gudrun und Walpurga beinahe erschrocken in meine Richtung blickten.

„Es wird gegessen, was auf den Tisch kommt, Bodo Udo

Jürgen", ermahnte meine Mutter mich zugleich mit all meinen Vornamen. Was hatten meine Eltern und meine Oma Kiesow sich bei der Namenssuche wohl aneinander abgekämpft? Schließlich hatten sie mir dann alle drei gewünschten Vornamen verpasst.

„Udo Jürgens hätte das Zeug auch nicht gegessen", hätte ich in Anspielung auf den Schlagerfuzzi, der sich hinter zwei meiner Vornamen verbarg, am liebsten gekontert, schwieg aber und löffelte nichts als die Brühe.

„Iss den Speck", befahl mein Vater quer über den Esstisch. Ich rührte die Brocken trotzdem nicht an. Betrachtete sie eben erneut angewidert, als ich bereits in die Schlafstube meiner Eltern geschickt wurde. „Zum Nachdenken", ließ mein Vater mich wissen und schloss die Tür. Sogleich schaute ich mich um. Zum Nachdenken fand ich dort nichts. Mein Interesse weckte aber, was meine Mama Ruth so alles auf ihrer Kommode drapiert hatte. Besonders ein Döschen fand meine Aufmerksamkeit. Es lag gut in der Hand, ich setzte mich auf das Bett und schraubte den Deckel auf. Bis zum Rand war die Dose mit einem weißen Puder gefüllt. Da meine Mutter keinesfalls Kokserin war, muss es sich bei dem, was ich fröhlich und künstlerisch auf der Bettumrandung verteilte, um Make-up gehandelt haben. Herrlich sah das aus, wie ich fand. Meine Eltern indes waren anderer Meinung.

„Nicht Bodo, nicht Bodo!", erinnere ich die liebevollen und flehenden Rufe meiner Schwester Gudrun. Sie nahm mich in Schutz und letztendlich musste ich die Teppiche

Lebenslauf

Am 7. November 1962 wurde ich in Templin geboren. Mein Vater, Horst Fall, ist Lokomotivführer. Durch gesundheitliche Schäden kann er diesen Beruf nicht mehr ausüben und ist jetzt als Schlosser im Bahnbetriebswerk Neustrelitz, Einsatzstelle Templin, tätig. Meine Mutter, Ruth Fall geb. Kiesow, arbeitet als Buchhalterin beim Organisations- und Abrechnungszentrum Neubrandenburg, Betriebsteil Templin. Außerdem habe ich drei Schwestern, die schon verheiratet sind und von Templin verzogen sind. Die ältere Schwester hat den Beruf eines Industriekaufmanns. Die 2. arbeitet als Industriekaufmann und macht zur Zeit ein Fernstudium Fachrichtung Ökonomie. Als Medezinisch Technische Laborassistentin ist meine jüngste Schwester tätig.

1969 wurde ich in die IV Oberschule Templin eingeschult. In der 1. Klasse wurde ich Jung Pionier. In der 4. Klasse bin ich in die Thälmann Pioniere aufgenommen worden. Im gleichen Jahr war ich auch im Freundschaftsrat. Von der 6. bis zur 8. Klasse wurde ich in Gruppenrat gewählt. Nach der 8. Klasse schied aus dem Gruppenrat aus, weil ich im Radsport BSG Lok Templin aktiv tätig bin. Seit 1976 bin ich in der FDJ und der DSF.

Der handschriftliche Lebenslauf meiner Bewerbung bei der Reichsbahn.

Personalbogen

Sämtliche Fragen sind gewissenhaft und gut lesbar zu beantworten.
Striche sind unzulässig.
Ein lückenloser Lebenslauf ist beizufügen.

1 Name (auch Geburtsname) *Fall*

2 Vornamen (Rufname unterstreichen) *Bodo Udo Jürgen*

3 Geburtsdatum *7.11 1962*   4 Geburtsort (Kreis, Land usw.) *Templin*

5 Staatsbürgerschaft *DDR*   6 Nationalität *Deutsch*

7 Personenkennzahl *0 7 1 1 6 2 4 0 4 1 2 3*   8 PA-Nr. *III 0 7 7 0 5 8 7*

9 Familienstand *ledig   verh. 1.9.79? 30.6.50*

10 Vorwiegend ausgeübte Tätigkeit der Erziehungsberechtigten zwischen dem 6. und 16. Lebensjahr des Unterzeichnenden

Vater *Schlosser*   Mutter *Buchhalterin*

11 Gegenwärtige und bisherige Zugehörigkeit zu Parteien und gesellschaftlichen Organisationen des Unterzeichnenden von – bis (ohne fasch. Organisationen)

FDJ und DSF seit 1976
FDGB u. GST seit 1979

12 Gegenwärtige und bisherige Wahlfunktionen in Parteien, gesellschaftlichen Organisationen und Staatsorganen
Organe/Einrichtungen   Funktion   von – bis

keine

13 Allgemeine Schulbildung
(Art der Schule)   von – bis   Abschluß (Klasse)

Polytechnische Oberschule Templin seit 1969 – 1979

14 Berufsausbildung (Facharbeiter, Meister, Techniker)
Beruf/Fachrichtung   Abschlußjahr

keine
Fahrzeugschlosser   *1981*

Meine Bewerbung war erfolgreich: Der erste Personalbogen.

ausklopfen, ohne jedoch selbst Schläge eingesteckt zu haben.

Erfolgreich schlürfte ich noch etwas von der Krankenhaussuppe und betrachtete erneut den Notknopf neben meinem Bett. Was die Schwestern und Ärzte aushalten mussten, beeindruckte mich. Immerzu fummelten Patienten an ihren Knöpfen herum, riefen die Schwestern wegen einer Lappalie oder des katastrophalen Zusammenbruchs ihrer Gesundheit. Erst beim Betreten des Krankenzimmers wussten sie, womit sie es bei dem Patienten zu tun hatten – ging es um Leben und Tod oder kratzte der Thrombosestrumpf.

Mit mir würden die Schwestern zufrieden sein. Ich fummelte nicht alle dreißig Sekunden am Knöpfchen und meine Suppe hatte ich ohne Erstickungstod aufgegessen. Also ging ich ans Fenster und schaute hinaus. Vor der Cafeteria hatten sich einige Patienten im Halbkreis versammelt und rauchten. Einer von ihnen saß im Rollstuhl, qualmte ohne Unterlass und balancierte auf seinen Beinstümpfen eine Tabakbüchse. „Derartige Hardcoreraucher", dachte ich, „gibt es wirklich in jeder Klinik."

Die Russen fielen mir ein. Wie sie zu DDR-Zeiten auf dem Militärflughafen Templin/Groß Dölln rauchend und fröhlich direkt neben den Tanks gestanden hatten. Täglich fuhren wir den gewaltigen Sonderlandeplatz mit sechs Kesselzügen an. Nichts als Öl und Diesel hatte wir geladen. Halleluja – wie nervös mein Kollege immer wurde, wenn wir uns den Soldaten mit den ewig brennenden Zigaretten näherten.

„Scheiße, Bodo", starrte er die Männer aus dem Seitenfenster unserer Lok entsetzt an. „Die jagen uns noch alle zur Hölle. Lass uns bloß schnell machen. Ich geh' runter, koppel ab und dann voll durch die Mitte."

Wir näherten uns und der Anblick weiterer sorglos rauchender, sich nahezu an Dieseltanks lehnender Militärs gab ihm den Rest. „Los, Bodo, wir rangieren gar nicht", zappelte mein lieber Kollege in der Lok herum, „wir hauen ab, wir hauen ab, schnell, wir hauen ab."

Wir flogen nicht in die Luft. Keiner der Tanks oder Kessel explodierte. Ein plötzlicher Anfall aber riss mir diese Erinnerungen aus dem Kopf und den Boden unter den Füßen weg. Meinen Helm trug ich allein schon wegen des entfernten Knochendeckels ständig. Das kam mir nun zugute. Mich schützend, krachte er gegen die Heizung, dann lag ich auf dem Boden und zuckte. Einige Kilometer weiter trommelte der Täter, der mir all dies angetan hatte, nervös mit seinen Fingerspitzen auf dem Zellentisch herum und wartete auf sein Mittagessen.

Schokotorte verdrehte mir, gleich nach der Bockwurst, als zweites den Kopf. Verspürte mein Gehirn, trotz aller Löcher in der Erinnerung, beim Anblick der dunklen Leckerei im Café doch unverkennbare Reize, ein Stück zu bestellen. Einige grundlegende Informationen waren augenscheinlich doch nicht gelöscht worden, wie mir auch jetzt, mehrere Wochen nach dem Angriff, zunehmend Fragmente aus meinem Leben durch den Kopf gingen.

Simone bestellte die Schokotorte. Sie schmeckte ebenfalls nach nichts. Der arme Konditor – sicher hatte er gute Arbeit geleistet. Gegen meine zerstörten Sinne war seine Schoko-Sahne-Masse dennoch machtlos. Gleichwohl bestellte ich mir auch am folgenden Tag ein Stück Torte, verfeinerte mein Schlucktraining damit und dachte an einen meiner einstigen Kindergeburtstage und die ganzen Kerzen. Kurz zuvor musste der Tag gewesen sein, an dem Walburga mich in die Vorschule gebracht und mit einem fröhlichen „Bis nachher, Bodo" verabschiedet hatte. „Ja", hatte ich meiner Schwester gewunken. Die aber kam nicht wieder, hatte bei allem Kinderspiel einfach vergessen mich abzuholen.

Spinat mochte ich immer noch nicht. Auch das hatte sich mein Gehirn von den 29 Stufen nicht austreiben lassen. Warum also nicht lieber ein Stück Schokotorte essen und einen Kaffee trinken? Eben war ich aus der Wandlitzer Früh-Reha in die dortige Anschlussheilbehandlung umgezogen, da machte sich ein kleines Kaffeekränzchen doch sicher gut. Simone war ebenfalls dieser Meinung, wollte aber vorher noch kurz zur Toilette.

„Setz dich doch eben, Bodo, ich bin gleich wieder da."

Simone schloss die Tür hinter sich, als mich im selben Moment ein Anfall packte. Er kam einfach und ließ mir keine Chance. Wie schrecklich es ist, nichts dagegen tun zu können. Der Anfall überfällt einen, das zentrale Nervensystem dreht völlig durch und das Zucken zerstört einen beinahe. Fast wäre es ihm diesmal gelungen. Status Epileptikus, notierten die Ärzte später, was jetzt mit mir geschah. Der Anfall hörte einfach nicht auf, legte sich nicht von allein. Das mörderische Zucken, das einen foltert, ohne dass man etwas verraten könnte, brachte mich dem Tod immer näher.

„Schnell einen Arzt!", rannte Simone auf den Gang und schrie um Hilfe, nachdem sie mich gefunden hatte. „Jemand muss Bodo da rausholen!"

Es gelang ihnen. Mit 65 mg Diacephan vertrieben sie die Geister aus meinem Nervensystem. Die Dosis hätte die stärkste Lokomotive umgehauen. Für mich war sie offenbar genau richtig. Ich kam zu mir, schüttelte mich, sah Highway to hell auf dem Nachttisch und fragte nach meinem Handy und Portemonnaie.

Meine Mutter sollte während der folgenden Monate einige meiner Anfälle erleben. Sie konnte die Anblicke nicht ertragen. Plötzlich lag ihr Junge, wie sie mich als Bub neben drei Mädchen manchmal genannt hatte, während des gemeinsamen Kaffeetrinkens auf dem Boden und zuckte. Kam ich nach dem Anfall wieder zu mir, konnte Mutti nichts als versteinert und ohne ein Wort zu sagen wegsehen.

Sie hielt es nicht aus, mich so zu sehen. Schaute mich nicht an, sprach kaum ein Wort. Enttäuscht betrachtete ich meine Mutter. Natürlich war sie immer für uns da gewesen. Gerade während dieser Monate aber hätte ich allen Zuspruch, jedwede Stärkung meines Lebenswillens gebrauchen können. Eine Anekdote aus meiner Kindheit hätte mir gutgetan, Erzählungen aus den Zeiten meiner Ausbildung. Die Erinnerungen kamen nur langsam wieder. Mutti aber hätte viel zu berichten gehabt.

Doch sie hielt es nicht aus. Schwieg, bis es beinahe zu spät war. Schaute ihrem einzigen Sohn erst Jahre später ins Gesicht. Gleich sah ich die Tränen auf ihren Wangen und wie sie sich um Mamas Augen versammelt hatten wie Vögel der Trauer. Bei den Schiffen saßen wir, hatten einen Ausflug unternommen, als meine Mutter zu mir sprach.

„Mein lieber Bodo", glänzten die Tränen auf ihrem Gesicht in der Sonne. „Ich habe mich wirklich nicht gut verhalten in den vergangenen Jahren."

Schweigend sah ich meine Mutter an. Mit meinem Vater hatte ich bis zu seinem Tod kein Wort mehr gewechselt. Er starb und es war zu spät für jede Aussöhnung. Wie gut es sich anfühlte, mit Mama nun hier zu sitzen.

„Ich habe alles schon festgesetzt", sagte sie unter Tränen.

„Du hast was?", verstand ich nicht, was sie mir eigentlich sagen wollte.

„Aus den ganzen Medikamenten, meine ich, da bin ich raus."

Ich erschrak. Wusste nicht, wie schlimm es um sie stand.

Wir sprachen über den Krebs, der sie besiegen würde. Über die Medikamente und Therapien, die sie nun verweigerte. Den ewigen Kampf, die Bestrahlungen und Tabletten – all das wollte Mutti nicht mehr.

Ich wiederum wollte das nicht wahrhaben, stellte ihre Entscheidung in Frage, während hinter uns die Boote in See stachen oder anlegten. Das Leben würde weitergehen. Auch ohne mich wäre das so gewesen, musste ich kurz an meinen Ersthelfer denken. Wie wenig hatte doch gefehlt. Franziska wäre ohne ihren Papa zur Frau geworden und durchs Leben gegangen. Und Simone, was hatte sie in den vergangenen Jahren nicht alles zu verwinden gehabt?

Mutti lag bald nur noch in ihrem Bett in der Klinik, fand keine Kraft mehr aufzustehen und ans Fenster zu treten. Wir brachten ihr neue Kleidung. Hatten Schuhe und eine Hose besorgt. Was freute meine Mutter sich, hielt die Sachen in die Höhe und lachte. Wollte gleich alles anprobieren, wie ein kleines Mädchen, das hübsch sein möchte wie eine Prinzessin.

„Das passt alles!", jubilierte sie, als sie die Kleidung über ihrem, vom Krebs durchzogenen Körper trug. „Ich sehe ja super aus!"

Nicht einmal im Bett wollte Mutti die neuen Schuhe aus-ziehen. Legte sich in der Kleidung hin, ein Lächeln huschte über ihr Gesicht und sie schlief ein. Mehrmals wurde sie kurz wach, lag mit ihren neuen Schuhen im Bett. Ich dach-te daran, wie meine Mutter einst an meiner Seite gestan-den und 1979 meinen Ausbildungsvertrag unterschrieben hatte.

Sechzehn war ich und wollte Schlosser werden wie mein Vater und Großvater, doch mein Vater war dagegen.

„Mach gleich eine Ausbildung zum Lokführer", beharrte er. Hörte gar nicht zu, als ich ihm erklärte, dass ich erst Schlosser werden müsse, um mich anschließend zum Lok-führer ausbilden lassen zu können. Mein Vater wurde wü-tend, ignorierte mich fortan und unterstützte mich nicht im Geringsten. Damals schwor ich mir, niemals mehr ein Wort mit meinem Vater zu reden. Ich hielt mich an den Schwur und verstummte ihm gegenüber bis ans Ende sei-ner Tage.

Als mein Vater im Jahre 1984 starb, sah ich meine Schwes-tern und meine Mutter an seinem Grab weinen. Ich konn-te das nicht, löste mich bis zum Ende nicht von meinem Schwur. Dachte jetzt in meinem Krankenbett an das Schweigen gegenüber meinem Vater. Und dass ich nun, bis auf meine tierischen Laute, gegenüber allen Men-schen verstummt war.

„Vielleicht war es falsch?", kam mir ein Gedanke. Womöglich hätten wir wieder zusammenzufinden können, mein Vater und ich, wenn ich etwas gesagt hätte.

„Papa, sollen wir mal reden?"

Gemeinsam hätten wir am Küchentisch sitzen und uns unterhalten können. Vaters Geschichten von früher – sicher hätte er sie wieder erzählt. Vom Krieg. Dem gewaltigen Angriff der Russen auf Berlin, in dem die Nazis meinen erst siebzehnjährigen Papa beinahe als Kanonenfutter verheizt hätten. Im Panzer schickten sie ihn an die Front. Neben sechs weiteren Jugendlichen oder jungen Männern saß er in der Kampfmaschine, die von den Russen voll erwischt wurde. Seine Kameraden waren gleich tot. Alle. Einfach tot. Auch wenn ihr Leben erst begonnen hatte.

Mein Vater konnte sein Bein nicht bewegen, kroch aus dem Panzer und den russischen Soldaten direkt vor die Stiefel. Sie schleppten ihn weg und schickten meinen Vater ins Gulag nach Sibirien. Sieben Jahre war er dort. Noch heute höre ich, wie er von den Menschen erzählte, die es nicht schafften. „Anfangs, Bodo, waren wir 150.000 Gefangene", sagte Papa wie versteinert. „Als ich nach sieben Jahren rauskam, waren wir noch 25.000."

In welchem Lager mein Vater war, weiß ich nicht. Wie er nach dem Krieg und der Gefangenschaft überhaupt noch zu einem Lächeln finden oder uns fröhlich aus einer seiner Loks hatte zuwinken können, ist mir unerklärlich.

Nach dem Krieg kam die Stasi über meinen Vater. Mehrmals steckten sie ihn in den Knast, schoben ihm simulierte

Unfälle mit seinen Loks in die Schuhe, wollten Papa erpressen, einen Spitzel aus ihm machen. Kein Wort verlor er über seine Kollegen. Ließ die Männer von der Stasi das wissen, schwieg, mauerte, ging lieber wieder ins Gefängnis. Ein IM wäre mein Vater niemals geworden. Aber er brauchte einen Halt. Etwas, das ihn vergessen ließ. Der Alkohol half ihm dabei. Gleichzeitig raubte er meinem Vater immer wieder den Verstand.

„Lieber Papa, jetzt liege ich hier und kann mit niemandem mehr sprechen. Als ich es noch konnte, haben wir es nicht getan. Jetzt ist es zu spät."

Papa war auch damals nicht an meiner Seite, als ich meine Ausbildung in Neustrelitz begann. Sicher aber war er froh, dass ich auszog, um gemeinsam mit den anderen Azubis in dem mächtigen Gebäude gleich hinter dem Lokschuppen in Neustrelitz zu wohnen. Papa und ich – wir beide – mussten unser Schweigen nun nicht mehr ertragen.

Vier Azubis waren wir auf dem Zimmer. Eine lustige Gesellschaft zum Kartenspielen, für ein Bierchen oder einen Discoabend. Die Zeit allerdings galt es im Blick zu behalten, Punkt 22 Uhr mussten wir auf dem Zimmer sein: Licht aus!

Nicht immer schafften wir das. Verschwiegen die Unpünktlichkeit ebenso wie die Westmusik, die wir so gerne hörten – Joe Cocker, Pink Floyd, AC/DC und Queen.

Es ist schon klasse, dass ich mir deren Sänger ganze vierzig Jahre später auf die Wade tätowieren ließ. „Freddy

Mercury", hatte ich dem Tätowierer meiner Wahl gesagt, gemeinsam sahen wir uns das Motiv an und er ließ die Nadeln sirren. Fünf Minuten später schaltete er die Tätowiermaschine aus.

„Tut es sehr weh? Hältst Du es noch aus?"

„Alles wunderbar", erwiderte ich, das Sirren ertönte und Freddys Konturen nahmen Gestalt an. Einige Minuten später wurde es wieder still.

„Bodo, sollen wir 'ne Pause machen?"

„Pause?", gab es für mich keinerlei Grund, das fröhliche Stechen zu unterbrechen. „Wieso Pause?"

„Den meisten Kunden", erklärte mir der Tätowierer, „stehen nach zehn Minuten die Tränen in den Augen. So sehr schmerzt es sie. Schließlich sind es achtzehn kleine Nadeln, die da in deine Haut stechen."

„Ist für mich kein Problem", sagte ich ehrlich und dachte an meinen Unfall. Offenbar funktionierten auch zehn Jahre danach noch nicht alle Nerven einwandfrei. Die Schmerzen beim Tätowieren spürte ich jedenfalls nicht. Endlich hatte der Angriff nach dem ganzen Horror auch mal etwas Gutes.

„Weiter mit Freddy?", hörte ich nur.

„Na, klar."

„Soll ich noch etwas höher gehen", fragte der Tätowierer, „das Motiv etwas ausweiten?"

„Nur zu. Ich merke nichts."

Angenehm summte die Tattoomaschine. Nach dreißig Minuten wurde es still und ein Stöhnen erklang. „Mensch,

Bodo, ich brauch 'ne Pause. Du bist ja wirklich ein harter Hund."

Während ich einen Blick auf Freddys Konturen warf – mein erstes Tattoo – zündete sich der Tätowierer eine Zigarette an. Seine Worte lagen mir noch im Ohr. „Ein harter Hund" – keine Ahnung, ob ich das war. Aber die 29 Stufen hätte ich sonst bestimmt nicht überlebt.

Glücklich mit meinem Freddy, dauerte es nicht lange, bis ich mir Franziskas Gesicht auf den linken Oberarm tätowieren ließ. Auch das verlief schmerzlos. Fränzi allerdings spürte wohl einen deutlichen Stich, als sie sich dort entdeckte.

„Das nächste Mal sag es mir bitte, bevor du mich auf dir verewigst. Warum hast du das überhaupt gemacht?", war sie nicht wirklich begeistert.

„Weil du meine Tochter bist und ich dich liebe", antwortete ich. Fränzi betrachtete die Tätowierung nun genauer und war wohl auch ein bisschen stolz.

Wie glücklich es mich machte, unsere Tochter und mich wieder verbunden zu sehen. Viele Wochen hatte ich mich nach der Heimkehr aus der Klinik in meiner bitteren Welt aus Anfällen, Sprachstörungen und Erinnerungslücken verschanzt. Ließ außer Simone niemanden eintreten in meine Traurigkeit und den Sinnverlust. Kamen Franziska und ihr Freund vorbei, ignorierte ich sie, drehte mich auf dem Sofa weg und begrüßte sie kaum. Ich konnte nicht aus mir heraus. Viele Wochen nicht. Dachte an meine Mutter, wie diese sich angesichts meines Zustandes weggedreht,

Mit dem Fahrrad nach Rumänien.

Mit Vati und unserem Schweigen.

keine Worte gefunden und mich verletzt und enttäuscht hatte. Jetzt war ich selbst nicht besser. Wusste das, war wie eingeschnürt, grub mich ein und schwieg einfach, wenn Franziska da war.

Ich liebe meine Tochter über alles. Aber es ging nicht, zwischen all den Schäden, die der Aufprall in mir und meiner Psyche verursacht hat, hätte ich sie beinahe verloren.

„Franziska hat so geweint", sagte Simone zu mir. „Sie ist doch deine Tochter. Du kannst dich nicht so abkapseln."

Ich tat es trotzdem. Musste mich in meinem Schmerz und meiner Verzweiflung winden. Fand lange nicht heraus und entschuldigte mich. Doch für das, was nach einem solch schlimmen Angriff mit einem Menschen geschieht, hat noch kein Richter Worte gefunden.

– 10 –

Mein gesundheitlicher Zustand machte es unmöglich, an der Verhandlung teilzunehmen. Simone vertrat mich, saß dem Mann gegenüber, der mich beinahe getötet hatte.

Wie hätte ich auch teilhaben können? Es war der Sommer 2007, noch immer bekam ich kein Wort heraus und erinnerte mich nicht an den Vorfall. Sicher hätte ein Anfall mich gepackt, auf den Gerichtsboden krachen und zittern lassen, bis das Urteil gesprochen würde: Für jedes Zucken, jedes fehlende Wort und jede leere Erinnerung ein Jahr Gefängnis.

„Womöglich hat ihr Mann ja vorher schon an Epilepsie ge-
litten", bohrte der Anwalt des Täters Simone diesen Satz
wie einen Schraubenzieher ins Fleisch. Sie hätte schreien
können.

„Herr Fall hat den Angeklagten offenbar gereizt", drehte
der Anwalt den Schraubenzieher herum. „Dann kam es
zum Streit."

Eine Lüge, die spätestens allen gewahr wurde, als der junge Mann mit dem kahlrasierten Kopf eine Entschuldigung
von seinem Anwalt vorlesen ließ und selbst den Mund
nicht aufbekam. Unser Anwalt hatte den jungen Mann
dazu angehalten, es selbst zu tun – aber keine Reaktion.

Er habe damals eine stressige Nacht gehabt, hieß es in
dem Entschuldigungsschreiben. Seinen Tritt habe er nicht
einschätzen können, es sei nicht böse gemeint gewesen.

„Hätte echt nicht gedacht, dass der Mann runterfällt",
klang es beinahe nörgelig, was sein Anwalt vortrug. Nie
sah der Täter zu Simone herüber. Wusste natürlich, dass
sie meine Frau ist und die ganzen schlimmen Monate an
meiner Seite durch die Hölle gegangen war. Der Täter sah
sie nicht einmal an.

„Ich möchte mich hier entschuldigen, vor Tochter und
Frau", las der Anwalt. Die Worte wurden Simone beinahe
wie vor die Füße gespuckt. Der Täter hob einen Aktenord-
ner und verdeckte damit sein Gesicht.

Der junge Mann schwieg, als der Richter ihm zehn Jahre
gab. Zwei Jahre aus der Bewährung, in der er sich befand,
acht Jahre wegen des Angriffs auf mich. Für jede der 29

Stufen waren das nur ein paar Monate.

„Versuchter Totschlag mit schwerer Körperverletzung", schrieben sie in die Akten und der Täter verschwand in der Zelle, während ich sprachlos, mit meiner Frankensteinnarbe und zweihundert Anfällen im Jahr zu leben versuchte.

Kein Brief der Entschuldigung, keinerlei Nachricht. Nichts hörten wir von dem Täter. Fünf Jahre später rief mich mein Anwalt an. „Er ist wieder raus, Bodo", sagte er nur. „Ich kann es kaum glauben, aber sie haben ihn entlassen." Sofort packte mich eine quälende Angst, die über Tage anhalten sollte. War der Täter zornig und voller Hass? Würde er kommen und den letzten Rest von mir auch noch zerschlagen? „Schickt er jemanden? Das kann doch nicht wahr sein, achte Jahre für 29 Stufen."

– 11 –

Ich dachte an den Täter. Sie hatten ihn rausgelassen. „Würde er", überfiel mich eine Angst, die mich für Wochen nicht mehr loslassen sollte, „Simone, Franziska und mich aufsuchen?" Sicher war er voller Hass. Suchte uns bereits. Würde zertreten wollen, was mir vom Leben noch geblieben war. Überall wohnte fortan diese Angst, den Rest meines am Fuße der 29 Stufen zerschmetterten Daseins auch noch zu verlieren. Sie hatten ihn rausgelassen. Ich konnte es nicht fassen. Früher war ich stark gewesen, hatte nach meiner Schlosserlehre beeindruckende Kräfte besessen. Leicht hätte ich den Täter damals umgehauen, mich womöglich gerächt. Ich weiß es nicht. Hätte ich mich gerächt, wenn ich es gekonnt hätte? Schon möglich. Jetzt war alles anders. Der Täter war stark, ich hilflos. Wurde alle paar Tage von den Anfällen in die Dunkelheit und auf den Boden gezittert. Immer mit diesem dusseligen Helm auf dem Kopf. Wie beim Rennradfahren. Aber ganz und gar anders. Vor dem Täter würde auch der Helm mich nicht schützen. „Kommt er", wusste ich, „fegt er mich einfach weg. Schleudert mich in die Zimmerecke und tritt wieder zu." Wie genau ich ihn noch vor mir sah, seinen Fuß in die Höhe reißend, dort am Ende der Stufen. Es klingelte an der Tür. „Jetzt", ich wusste es genau, „ist er da." Als könne mir das helfen, sah ich auf die Uhr. Faselte nervös etwas vor mich hin. „Beruhige dich, Bodo. Es wird die Post sein. Sie kommt doch immer um diese Zeit. Sicher die Post. Wann kommt Simone? Soll ich wegrennen. Ein Anfall, warum holt mich nicht jetzt einfach ein Anfall und es wird dunkel." Wieder klingelte es. Zitternd schlich ich zum Fenster und sah heimlich hinaus. Die Postbotin stand vor der Tür und wartete. Eben drückte sie ein weiteres Mal auf den Klingelknopf. Als ich öffnete, lächelte sie mich an. Kannte den Anblick meines Kopfes mit dem dusseligen Helm nun seit Jahren. „Herr Fall", reichte die Postbotin mir zwei Umschläge, „zwei Mal Post und einen frohen Tag!" Das wünschte ich ihr auch und betrachtete die Briefe. Immer war es dasselbe: Ärzte, Kliniken, Rechnungen, Diagnosen – gab es denn nichts anderes mehr zu sagen? Meistens kümmerte sich Simone um dieses Zeugs. Fiel es meiner Frau mit ihrem Fachwissen doch deutlich leichter, die Behandlungsberichte zu verstehen. Was für Wörter in meinem Leben nun die wichtigste Rolle spielten: Schädelhirntrauma Grad III, Symptomatische Epilepsie, fokale und generalisierte Anfälle, Gedächtnisverlust, Sprachstörung, kompletter Geschmacks- und Geruchsverlust, Gestörtes Schmerzempfinden, Einschränkung der Grob- und Feinmotorik.

Wie schön waren die Nummern der Lokomotiven gewesen und unser Lokführerjargon. Die rote S-Bahn war die Coladose, die 480er-Baureihe unser Toaster, als Taucherbrille bezeichneten wir die 481er-Loks und die RA-12 Signale mit den zwei weißen Flächen waren selbstverständlich zwo Helle!. Eine Gleissperre war unser Hund und natürlich führte Rotkäppchen die Aufsicht.

Später durchquerte ich die Hauptstadt vorne in der S-Bahn tausende Male. Bis zu diesem einen frühen Morgen. Welche Freude es mir bereiten würde, noch einmal da vorne im Führerstand zu sitzen. Die Bahnsteige nähern sich. Mit den Menschen darauf, neben denen ich zum Halten komme. Alle warten auf mich. Hier kommt Bodo, Leute! Steigt ein, wir machen einen drauf. Auf der Klinikrechnung in meiner Hand fand sich ein vierstelliger Betrag. Addiere ich alle bisherigen Rechnungen, bin ich ein Vermögen wert. Habe früher auch geschimpft, was die scheiß Kasse im Monat so kostet. War doch sowieso nie krank. Jetzt hätten die Kosten unsere gesamte Familie in den Abgrund gerissen. Es ist schon beindruckend, was unsere Gesellschaft solidarisch so hinbekommt. „Ich bin's, Bodo der Lokführer, wir halten alle zusammen und kriegen mich wieder hin", denke ich, lege die Rechnung beiseite und betrachte das zweite Schreiben. Simone würde es mir genauer erläutern, doch auch nach diesen ganzen sprachlosen, von Anfällen durchzogenen Tagen, Monaten und Jahren, las sich immer noch fürchterlich, was dort stand. Wieder schellte es an der Haustür. Beinahe ließ ich die Briefe zu Boden fallen, klammerte mich am Türrahmen fest und machte keinen Mucks. Bloß nicht bewegen. Sich weiter an die Wand drücken. Kein Schatten darf huschen, nicht das Lichtspiel verändern und auf sich aufmerksam machen. „Das muss er sein", packte mich die Angst. „Niemand sonst kommt um diese Zeit. Der Täter. Jetzt macht er Schluss." Ich versuchte mich zu beruhigen. Sicher würde der Täter nicht klingeln, sondern warten, bis ich das Haus verließ. Nachstellen würde er mir, mich irgendwo in einem verlassenen Winkel ergreifen und aus Hass und Wut über die fünf Jahre Gefängnis vernichten. Tritte, Fäuste, vielleicht ein Totschläger um seine Handknöchel. Hier, Bodo, das ist deine letzte Haltestelle. Ein von Hundekacke versautes Gebüsch, in das er meine Reste schleudert. Um dann, und dieser Gedanke überkam mich wie ein Wahnsinn, würde er gehen, um sich Simone und Fränzi zu greifen. Der Täter wusste, wie sie aussahen. Hatte meine Familie im Gerichtssaal gesehen. Ihre Gesichter vermutlich aus den Augenwinkeln betrachtet und diese in sein Gedächtnis gebrannt. Schließlich würde er diese Erinnerungen brauchen für seine Rache. Niemand muss die Haustür öffnen, wenn er nicht will. Lieber stand ich einsam und ängstlich im Flur, zitterte und dachte an Fränzi. Daran, wie ich meine Tochter während einiger Wochen grausam ignoriert, es nicht ausgehalten hatte, ihr und ihrem jungen, gesunden Leben nahe zu sein. Wie sehr ich sie liebte. Plötzlich diese Angst in mir fand, auch Fränzi oder Simone könne etwas Schlimmes widerfahren. Auch bei mir war es doch einfach so geschehen. Trotzdem Simone mir liebevoll mit auf den Weg gegeben hatte: „Pass gut auf dich auf, Bodo!" Nicht nur mein Kopf, auch etwas anderes ist damals zerstört worden. Alle Schutzzauber waren zerbrochen. Sagen wir uns auch tausend Male, „pass gut auf", „das wird schon werden" und „alles Gute", nehmen uns dann noch liebevoll in die Arme – ein Vorfall, wie der meine, kann dennoch geschehen. Nichts hilft dagegen, keine Worte, keine Waffen, keine Gebete. „Und nur", erschüttert es mich beim Ertönen der Klingel, „weil einmal etwas passiert ist, schützt uns das nicht vor weiterem Unheil. Oder waren wir nun gegen Grauen gefeit? Warum sollte das so sein? Weil die Statistiken es sagen? Unsere Leben stehen allesamt ganz nah an den Gleisen. In jeder Sekunde kann man einen falschen Schritt tun. Und glaubt man, sicher im Leben zu stehen, kann plötzlich jemand auftauchen, der einen schubst oder tritt. Diese Lektion hatte ich begriffen. Hörte ein weiteres Klingeln und wollte weglaufen. „Weit weg. Das wäre jetzt das Beste", fühlte ich dort, in unserem dunklen Flur, die Sehnsucht nach einer längst vergangenen Zeit in mir aufsteigen. Mein weißes Rennrad sah ich vor mir. Ein DDR-Fahrrad der Marke Diamant. Eine gute Produktion. Noch heute sind die Stahlrahmen beliebt und halten ewig. „Stahl", dachte ich. „Das Rad hätte die 29 Stufen locker ausgehalten." Meinen weißen Renner besaß ich nicht mehr. Gerne hätte ich wie einst das Garagentor geöffnet, das Fahrrad in den Hof geschoben, mich aufgeschwungen und wäre losgefahren – leicht wie der Wind. Was legte ich als Jugendlicher für Entfernungen zurück! Fuhr mehrmals in der Woche Touren über zweihundert Kilometer. „Profisportler sollte man werden", spornte ein Gedanke mich an. Während einiger aufregender Jahre den Lebensunterhalt auf dem Rennrad verdienen, immer in Bewegung, immer rasen, das hätte mir gefallen. „Auch dabei", fand ich mich in der Gegenwart wieder, „hätte ich immer einen Helm aufgehabt." Mein weißes Diamant und ich waren im Ostberlin der 1970er-Jahre gleich drei Mal die schnellsten. Drei goldene Medaillen glitzerten auf dem Alexanderplatz an meinem Hals. Bodo, der Rennradsportler. Der Fernsehturm sollte sich zur Ausstrahlung meiner Rennen schon mal bereithalten, schmunzelte ich und legte meine Finger auf die Medaille vor meiner Brust. Später traf die Einladung des Sportzentrums der DDR ein. Sie wollten mich sehen, den üblichen Tests unterziehen und wissen, wie oft und ausdauernd ich trainierte. Euphorisch beantwortete ich ihre Fragen, ließ sie meinen jungen und gesunden Körper checken, vernahm schließlich das bittere „Nee" der Sportärzte, „das klappt nicht bei ihnen, Herr Fall." Mit diesem einen Satz ließen sie die Luft aus meinem Traum vom Profiradsport. Nie verstand ich, warum ich diese Chance nicht bekam. Mein Ehrgeiz und das mir selbst auferlegte harte Training hätten sicher zu Siegen geführt. Die Entscheidungen in der DDR allerdings waren oft von Einflüssen abhängig, die kaum zu denken waren. „Ich fahre doch mehrmals in der Woche zweihundert Kilometer in einer sehr guten Zeit", sagte ich noch leise. Da schickten sie mich bereits heim. Ich schloss mein Diamant auf, radelte los und ließ den Wind und das Adrenalin sich mit der Traurigkeit in meinem Kopf vermischen. „Bald beginnt meine Ausbildung in Neustrelitz", dachte ich. Das mit dem Schlosser würde ich schon schaffen. Vorher aber lag noch eine wirklich weite Radtour vor mir. Ein Schulfreund und ich packten unsere Satteltaschen, verstauten die Kleidung, den Gaskocher und Geschirr, schnürten unser Zelt und die Schlafsäcke obenauf. Dreieinhalb Wochen hatten wir eingeplant, um die Route von meiner Heimatstadt bis an das Schwarze Meer in Rumänien zu meistern. Eine wundervolle Radtour. Nach den 29 Treppenstufen war sie restlos aus meiner Erinnerung getilgt. Die alten Fotos brachten sie mir wieder näher. Erst war mir fremd gewesen, was ich auf ihnen sah. Schließlich tauchten Erinnerungen auf. Waren in mir verschollen gewesen. Vieles war immer noch verschwunden. Wo war es nur? Würde ich es irgendwann in mir finden können? Oder waren die noch fehlenden Erinnerungen beim Aufprall zerschmettert worden? Auf einem Foto sah ich unser Zelt von damals. Der Wind am Meer hatte es zerzaust und beinahe umgerissen. Auch die fünfzig Westmark fielen mir ein. Eine Sensation. Ein Vermögen für uns Jugendliche. Woher nur hatten wir den Schein? Es gelang mir, den Spuren im Sand meiner Erinnerungen zu folgen. Wir trafen diesen Wessi am Imbiss. Interessiert hatte er sich zu uns gesellt, saß später neben uns Jungs vor dem Zelt und dem zischenden Gaskocher. „Seid ihr auch aus dem Westen?", fragte er freundlich. „Nee", sagten wir knapp. „Ostberlin, etwas außerhalb." Gleich fing der Mann an zu plappern. Meinte wohl, uns Jungs beeindrucken zu müssen. Erzählte, dass er jedes Jahr herkäme, an das Schwarze Meer, an dessen Ufer wir saßen. „Eine Woche. Jedes Jahr. Ohne meine Frau", warf er uns einige Brocken hin. Wir sahen den Mann an. „Ohne meine Frau", wie er das betont hatte. „Und was machst du?", fragten wir natürlich, was er erwartet hatte und erzählte mit stolzgeschwellter Brust. „Da oben, schaut mal, die oberste Etage. Da nehm' ich mir ein Zimmer und dann bumsen, jeden Abend." „Wat?", wollte ich wissen. „Du bist doch verheiratet?" „Na und?", war ihm das scheißegal. Für eine Weile trug der Mann noch dick auf, fummelte schließlich sein Portemonnaie aus der Tasche und hielt einen braunen Westfünfziger in den Wind. Ach, wie herrlich flatterte der vor uns Jungs herum. „Für euch", ließ er das braune Papier zwischen meinen Fingerspitzen landen. „Ihr seid nette Jungs. Lasst es

Mit Simone an meiner Seite.

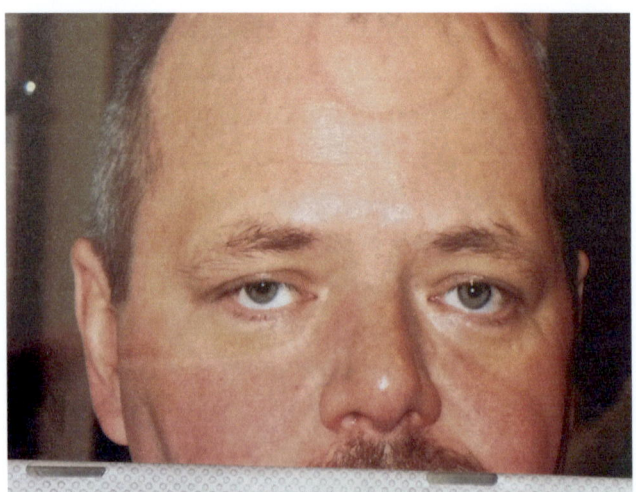

Krankenakten.

Irgendwie muss es ja weitergehen.

31. August 2007 - Endlich kann ich heim in unser „neues" Haus.

euch mal richtig gut gehen. Haut rein!" Wir staunten nicht schlecht, hockten wie die Könige am Schwarzen Meer und sahen wie der Mann sich erhob und fortbummelte. „Ein Angeberwessi", hörte ich meinen Freund sagen. „Na und?", erwiderte ich im selben Tonfall, wie der Mann über seine Frau gesprochen hatte. „Immerhin sind wir jetzt reich." Genau so fühlte es sich für uns Jungs an. Und nachdem wir den Schein nach ausgiebigem Vergleichen der Kurse auf den Straßen endlich gewechselt hatten, lag tatsächlich ein ganzer Haufen Geld in unseren Händen. Verbumst haben wir es nicht. Aber auf den Kopf gehauen. Wie schön war das doch. „Auf den Kopf hauen. Was für ein dummer Ausdruck", dachte ich in unserem dunklen Flur. Das hatte ich am Fuße der Treppen in Heinersdorf wahrlich genug getan. Mehr würde mein Gehirn nicht aushalten von diesem „auf den Kopf hauen". Dem Anfall allerdings, der eben von meinem Körper Besitz ergriff, war das egal. Er kam, schrie durch mich hindurch, und zu einem letzten Türklingeln wurde mir schwarz vor Augen und ich sollte fallen. Als ich wieder zu mir kam, hatte das Klingeln aufgehört. Für eine Weile lag ich auf dem Boden und wartete. Nichts. „Der Täter", erinnerte ich, warum ich lange und voller Gedanken in diesem Flur gestanden hatte. Dachte noch einmal an mein Diamant. Und dass ich wegrasen wollte. Niemals jedoch ohne meine Familie. Also blieb ich und lauschte meinem Atem.

Von dem Täter hörte ich nie wieder etwas. Mehrmals in der Woche jedoch hauten mich die Anfälle um, die er mir verpasst hatte. Ein Scheißleben ist das, andauernd aus der Realität geschossen zu werden – im Flur, im Treppenhaus, auf der Straße, im Baumarkt, Park oder Discounter. Zack. Da liege ich wieder. Ein Leben voller Löcher, die von den ewigen Anfällen in mein Dasein gerissen wurden. Wie sollte das nur weitergehen? „Plattenelektroden", gaben die Ärzte eine Antwort. „Wir statten ihr Gehirn damit aus." „Klingt nach Roboter", sagte ich scherzhaft, gleichwohl neugierig zu dem mir gegenübersitzenden Arzt. „Wie auf einer Landkarte", klang er beinahe wie ein Entdecker, „können wir dann ablesen, wo die Anfälle in ihrem Gehirn ausgelöst werden."

„Klingt ganz gut", sagte ich nur. „Und was kann passieren?" „Na", beugte sich der Arzt etwas in meine Richtung. „Das Ganze ist natürlich nicht wie einen Blinddarm rausnehmen. Der Eingriff dauert sechzehn Stunden und birgt – wie jede Operation am Gehirn – gewisse Risiken."

„Offenbar hält meine Birne ja einiges aus", legte ich meine Finger auf Simones Hand. Meine Frau saß sehr nachdenklich neben mir. „Und wenn man die Auslöser lokalisiert hat?", wandte Simone sich nun an den Arzt. „Was geschieht dann?" „Sobald wir wissen, welcher Teil des Gehirns die epileptischen Anfälle verursacht, schauen wir, ob er sich entfernen lässt, ohne das Sprachzentrum, die Erinnerung oder die Motorik zu gefährden." Simone sah mich an. Wir dachten wohl beide dasselbe. Meine Erinnerung und meine Sprache hatten endlose Therapien und Jahre gebraucht, um halbwegs alltagstauglich zu sein. Mit Sprachfetzen hatte ich mich durch die Welt geschlagen, mehr nicht rausbekommen. Wenige und einfache Wörter, vielleicht mal zwei oder drei, um einen Kaffee zu bestellen oder eine Schrippe, die Fragen der Ärzte kryptisch zu beantworten und Simone und Franziska ein liebes Wort zu sagen. Immerzu diese verdammte Demütigung, etwas sagen zu wollen und es nicht über die Lippen zu bekommen. Denken konnte ich alles, aber die Wörter kamen nicht raus. Oder waren nicht mehr als unmenschliche Laute. Stellt euch das vor, verdammt! Ihr wollt etwas sagen, spürt es im Hirn und Hals und es erklingt dann etwas Unverständliches, beinahe Tierisches.

Viele Wörter fehlten mir immer noch. Ich fand sie nicht in meinem Kopf. Doch daran hatte ich mich irgendwie gewöhnt. Jetzt auf Risiko zu setzen und eine sechzehnstündige Operation am Gehirn über mich ergehen zu lassen: Mich fröstelte bei der Vorstellung. Könnte nicht alles, alles, was ich so mühevoll wiedergefunden hatte, nicht noch einmal verloren gehen? Die ewigen Anfälle aber hasste ich auch. „Bodo und ich werden darüber nachdenken", vernahm ich Simones Worte und unsere Fingerspitzen hielten sich kurz fest. „Herr Fall", reichte nun der Arzt mir seine Hand. „Sie sind durch so viel Schlimmes gegangen. Ich verstehe es, wenn Sie jeden auf Abstand halten wollen, der noch einmal an ihrem Kopf herumsägen möchte. Gleichzeitig besteht eine gute Chance, dass wir ihren Anfällen mit den Elektroden auf die Schliche kommen." Er drückte meine Hand. Ich spürte, wie viel Kraft und Hoffnung er in mich setzte, und erwiderte seinen Händedruck. Simone und ich verließen die Klinik. Meine Hände zitterten, als wir ins Freie traten. So viele Krankenhäuser, Reha-Kliniken und Praxen hatte ich gesehen, Stunden der Angst und Hoffnung dort verbracht, mit Simone an meiner Seite, allein, endlose Nächte mit meinem leeren Kopf und ohne Worte. Nicht mal ein Gebet hätte ich aufsagen können. Oder besser noch einen Text von AC/DC mitsingen. Jetzt verließ ich wieder ein Krankenhaus. Und der Täter? Sie hatten ihn ins Gefängnis gebracht. Nach fünf Jahren ließen sie ihn raus. Gesund und frei. Ich war beides nicht. Meine Gesundheit würde nie mehr werden wie zuvor. Und meine Freiheit? Immer wieder suchte ich danach, wagte mich vor, wie vor zwei Jahren auf einem Urlaub in Norwegen. Mutig nahm ich mir ein Rennrad. Kein weißes Diamant, wie ich es einst besaß, aber ein gutes und schnelles Rad. Vorsichtig machte ich mich damit auf den Weg, spürte den Wind und das Glück. Wurde schneller. Kämpfte mich zum Glänzen des Fjords eine Steigung hinauf, ließ mich rollen und stürzte. Mühevoll raffte ich mich auf und versuchte mehrmals, Simone anzurufen. Ich wählte, doch nichts geschah. Das verdammte Telefon hatte keinen Empfang. Ich nahm meine ganze Kraft zusammen und machte einige wankende

Schritte. Regen prasselte mir ins Gesicht. Nach wenigen Minuten war ich vollkommen durchnässt. Ging weiter und immer weiter. Ganze fünf Kilometer lief ich bis zu unserem Haus.

„Bekäme man die Anfälle mit den Plattenelektroden in den Griff", saßen Simone und ich am Abend beieinander, „könnten wir vielleicht ein normales Leben führen."
Vorsichtig und leise sagte ich das. Und da waren sie wieder, diese beiden Wörter: normales Leben. Höre ich sie, fallen mir umgehend zwei andere Wörter ein: neunundzwanzig Stufen. Sicher werden diese vier Wörter bis zu meinem Tode unlösbar miteinander verschmolzen sein. „Wir sollten das machen", sagte Simone plötzlich und schien sich sicher zu sein. „Wir packen das schon, Bodo!" „Wir" – immer sprach Simone von uns. Hatte mich niemals aufgegeben oder sich abgewandt, wie so viele Menschen es taten, wenn der Lebenspartner oder Freund kaum mehr als ein Schatten seiner selbst war. Wie schrecklich das sein musste. Die letzte Zuversicht erlischt und der Schatten verschwimmt in dunklen Depressionen.
Simone blieb an meiner Seite. Wie aus einem Munde sagten wir nun, was zu tun sei: „Ja, wir packen das!" Am Morgen riefen wir den Arzt an. Die Nachricht erfreute ihn wirklich. „Gut, Bodo", sagte er als seien wir Freunde. „Ich melde mich in Kürze wegen des Termins." Der Tag der Operation kam. Auf eine merkwürdige Art hatte ich mich darauf gefreut. „Woher nur", fühlte es sich an wie

ein Wunder, „kommt nur immer wieder diese Hoffnung?"
Wieder wurde mein Schädel geöffnet. Während sechzehn
Stunden tüftelten die Ärzte wie Feinmechaniker die winzigen Elektroden auf mein Gehirn. Am Abend zuvor hatten Simone und ich herumgewitzelt, was für ein krasser
Cyborg ich werden würde. Ganz wie in den Actionfilmen,
in denen sich solche Figuren immer wieder aus der Asche
erheben und weiterkämpfen. Dann mussten wir lachen.
„Bodo, pass mal auf", kicherte Simone, „wenn die Elektroden die ersten Signale senden, sieht man auf dem Mo-
nitor bestimmt eine Lokomotive." „Am besten die 106",
freute ich mich. „Nach der bestandenen Lokprüfung bin
ich damals wirklich stolz gewesen." Plötzlich schwieg ich.
Die Prüfung auf der 106, ich erinnerte mich wieder genau, wie glücklich ich danach heimgekommen und unser
Wohnzimmer betreten hatte. Mein Vater saß dort mit
zwei Kollegen. Alle drei waren sie betrunken und glotz-
ten mich an. Seit Monaten schwiegen mein Vater und ich.
Also durchzuckte es mich, als er meinen Namen nannte.
„Bodo", kam über seine Lippen. „Hab´ gehört, du warst
der Prüfungsbeste auf der 106er?" Ich nickte in die Runde. Mein Vater war sichtlich stolz auf mich. Hätten wir
uns doch in die Arme genommen und unseren Bann des
Schweigens gebrochen. Doch er nahm nur einen weiteren Schluck und im selben Moment drehten wir beide uns
weg. Ich ging in mein Zimmer. Papa war wieder im Kreise
seiner Kollegen.
„Alles ist gut verlaufen." Der Arzt stand neben meinem

Bett und lächelte. „Sechzehn Stunden, das war harte Arbeit, aber die Elektroden sind platziert. Wir sehen jetzt, was Sie denken", witzelte er. „Wird automatisch ´ne Bockwurst gebracht, wenn ich daran denke?", scherzte auch ich. Er lachte. „Natürlich. Ich wünsche schon jetzt ‚Guten Appetit'. Und dann machen wir uns auf die Suche nach den Auslösern ihrer Anfälle. Sicher werden wir bald wissen, welcher Teil ihres Gehirns dafür verantwortlich ist." Bei diesen Worten schlief ich ein. Immer noch erschöpft erwachte ich nach Stunden und spürte etwas an meinem Kopf. Vorsichtig legte ich die Fingerspitzen darauf und erschrak. Feucht und klebrig fühlte sich an, was nichts anderes sein konnte als Blut. „Mein Kopf, das Blut läuft wieder raus", war es, als stürze ich in einen Abgrund, drückte den Notknopf neben meinem Bett und schloss hilflos die Augen. Ich hätte schreien können. Eine Schwester kam ins Zimmer geeilt und rief gleich erschrocken. „Herr Fall, Sie bluten ja." Im Dunkel hinter meinen geschlossenen Lidern spürte ich ihre Panik. Schon rannte sie aus dem Zimmer. Kam Minuten später mit mehreren Ärzten und drei weiteren Schwestern wieder herein. Ich öffnete die Augen. Da standen sie und starrten.

„Herr Fall", trat einer der Ärzte an mein Bett, „es sah alles gut aus."

Ich konnte nichts sagen. Sah den Arzt nur hilflos an. Sicher war Simone schon unterwegs. Ob die Schwestern sie gleich angerufen hatten? „Mein Frau?", fragte ich leise. „Ich sage ihr Bescheid", hörte ich eine der Schwestern sagen, bevor sie das Zimmer verließ. Wieder würde Simone, das wusste ich, von dieser Angst um mein Leben erschüttert werden. Wie oft erzählte sie mir von dem Anruf, der sie erreichte, nachdem ich meinen Kopf damals auf die unterste Treppenstufe gehämmert hatte. „Bundespolizei", hatten der Mann sich vorgestellt. „Es ist was passiert. Ihr Mann Bodo liegt in der Rettungsstelle." Mehr durften sie nicht sagen. Nannten nur den Ort. Simone, Franziska, Oma und meine Schwester Gudrun nahmen sich ein Taxi und fuhren los. Jetzt wieder Blut. Es lief an meinem Kopf herunter, während die Schwester den Verband erneuerte und alles verklebte. „Gleich kommt der Chef", sagte sie mir. „Wir gehen davon aus, dass Sie noch einmal operiert werden." Unentwegt sah ich auf die Uhr. Der Chef, wie sie den leitenden Arzt nannten, begann seinen Dienst um 7.30 Uhr. Das wusste ich. Eben rückte der Zeiger auf halb acht, trat er, gefolgt von einem ganzen Tross Ärzten, schon in mein Zimmer. Es musste ernst sein. Unter meinem Verband zeichnete sich das Blut ab. Ein kurzer Blick und der Chefarzt wandte sich im befehlsartigen Ton an seine Kollegen. „Alle", sagte er, „die heute operiert werden sollten, können nach Hause gehen. Herr Fall ist jetzt dran." Wieder öffneten sie meinen Kopf, operierten mich viele weitere Stunden. Während der ganzen Jahre bei der Bahn war ich nur zwei Tage krank gewesen. So sehr liebte ich mein Leben in den Loks. Und jetzt? Krankenhausbetten, Operationstische, künstliches Koma, Anfälle, Bodo der blutige Elektrodenkopf. Kaum war ich erwacht, ließ ich meine Handfläche vorsichtig über den Verband gleiten, tastete um meinen Kopf. Niemand war im Zimmer. Ängstlich führte ich die Hand vor meine Augen. Nichts. Kein Blut. Offenbar war die Operation diesmal gelungen. Auch fühlte ich mich recht gut. Die Ärzte kamen zur Visite, erzählten, dass alles prima verlaufen sei. Dann stockte der Chefarzt ein wenig und ich sah ihn mit großen Augen an.

,,Wenn etwas ist, sagen Sie es bitte."

„Herr Fall", sprach der Arzt nun aus, was geschehen war. „Wir mussten alles, was in der ersten Operation angelegt wurde, rückgängig machen, da ihr Leben in Gefahr war." Meine Hoffnungen stürzten zu einem Haufen Verzweiflung zusammen. Wie nur sollte ich mit diesen ganzen scheiß Anfällen weiterleben?

– 13 –

Der Greis rief drei junge Männer aus dem Haus und hetzte die Hunde auf uns. Simone, Fränzi, meine Mutter und ich eilten zum Auto, verriegelten es von innen und fuhren verstört davon.

„Wo ist das noch gewesen?", erzählte ich Simone von den wirren Gedanken voller kläffender Hunde, die mich am Vormittag verfolgt hatten. Für eine Weile überlegte meine Frau. Dann ahnte sie, welches Ereignis ich meinte.

„Zum 60. Geburtstag deiner Mutter sind wir nach Schneidemühl gefahren, weißt du, Bodo?", fing Simone an zu berichten. „Heute gehört der Ort zu Polen und heißt Piła. Deine Großeltern lebten dort, bis der Zweite Weltkrieg sie vertrieb."

Ich schwieg und dachte erneut an die Hunde. Wie sie hinter dem Zaun gestanden und die Zähne gefletscht hatten. Dahinter die drei jungen Männer, drohend und nicht einmal einen Blick auf das einstige Haus meiner Großeltern ertragend. „Sie hatten Angst", erriet Simone meine Gedanken, „dass wir es ihnen wegnehmen."

„Ganz vergammelt sah es aus", erinnerte ich den Anblick des Hauses. „Ein Alter holte Wasser aus einem Brunnen, immer wieder, und goss die Pflanzen. Die Bäume im Garten waren alt und knotig. Richtige Gesichter hatten sie."

Simone lächelte mich an und freute sich darüber, wie meine Erinnerung Fahrt aufnahm.

„Ganz genau, Bodo, und dann hast du die Gartenpforte geöffnet um ‚Hallo' zu sagen."

„Ja, habe ich", erinnerte ich mich an die Situation. „Und plötzlich kamen die Hunde."

„Jemand sollte das alte Haus mal reparieren", sagte Simone und ich musste grinsen.

„Das kannst du ja machen. Bist ja nach meinem Fall zur richtigen Handwerkerin geworden", gab ich Simone einen Kuss. „Du gehst ja sogar mit dem Bohrhammer in die Wände."

Soldaten. Wieder hatte ich von Uniformen, Panzern, LKW und Zelten geträumt. Verstört erinnerte ich mich am Mor-

In Dresden.

Bei der Volksarmee.

gen daran, mich in einer Art Kriegsszenario bewegt zu haben. „Die Sowjets greifen an. Wir müssen jetzt weg", hatte ich mich im Befehlston zu einer mir gegenüberstehenden Person sagen hören. Sie sah wichtig aus, war offenbar ein Vorgesetzter. Gleich mehrmals erschien der Mann mir im Traum und durchbohrte mich mit seinem stechenden Blick. „Wir müssen doch reagieren", warf ich ihm dennoch vor. „Wollen Sie denn nichts tun?"

Schweißnass erwachte ich. Welche Fetzen aus meiner Vergangenheit waren es nur, die meine Erinnerung aus meinem Inneren herauszog und mir derart verwirrend vor Augen hielt? Ich war doch Lokführer, daran gab es keinen Zweifel mehr. Wer also waren diese Soldaten, die von den Sowjets angegriffen wurden? Und wieso war ich, Bodo der Lokführer, unter ihnen und riskierte gegenüber einem Vorgesetzten eine derart dicke Lippe?

Ich wusste keine Antworten. Hatte nicht mehr aus meiner Vergangenheit, als diese kriegerischen Brocken. Während die Schwester hereinkam und mir das Frühstück brachte, versuchte ich dennoch, aus ihnen ein Puzzle zu legen.

„Gut geschlafen, Herr Fall?", stellte die junge Frau einen Kaffeebecher an mein Bett. Es war Krankenhauskaffee, freuen tat ich mich dennoch darauf.

„Ja, danke. Ganz gut geschlafen", freute ich mich über die nette Frage. „Nur etwas merkwürdig geträumt. Von Soldaten und Uniformen."

„Aber Sie sind doch Lokführer", wussten inzwischen sämtliche Schwestern von meiner Profession.

„Ja, natürlich", erwiderte ich, „deswegen ist es auch so merkwürdig. Aber ich erinnere ja kaum was von früher."

„Volksarmee?", sagte sie nur dieses eine Wort, während ich einen Schluck Kaffee nahm und das schwarze Krankenhausgold mir einen guten Moment bescherte. „Sie waren in der DDR doch bestimmt bei der Armee."

Das musste es sein. Sicher war ich kein Soldat gewesen. Simone hätte das gewusst und mir erzählt. Aber meinen Wehrdienst hatte ich vermutlich ableisten müssen. Ich würde Simone nachher danach fragen. Sie kam ja nach der Arbeit immer gleich vorbei.

„Vielleicht haben Sie recht", bedankte ich mich bei der Schwester für das Frühstück und ihre Gesellschaft. „Ich werde mir Mühe geben, es herauszufinden."

Als Simone am Nachmittag eintraf, bestätigte sie mir, dass ich den üblichen Wehrdienst bei der Volksarmee abgeleistet hatte. Viel wusste sie nicht über diese Zeit. Erinnerte sich jedoch, einmal ein Fotoalbum in Händen gehalten zu haben, in dem ich als Soldat zu sehen war. Liebevoll saß Simone an meinem Bett und wir versuchen, diesen Teil meiner Vergangenheit etwas zu erhellen. Wie bewunderte ich meine Frau dafür und war unendlich dankbar, dass Simone die Kraft fand, nach ihrem manchmal zehnstündigen Arbeitstag mit kranken Menschen noch hier bei mir zu sitzen. Natürlich hätte sie eine Pause und ein Durchatmen gebrauchen können. Simone aber kam jeden Tag zu mir, rettete meinen Lebenswillen vor dem Absterben und somit mein Leben.

Bei ihrem nächsten Besuch brachte Simone das erwähnte Fotoalbum mit, wir saßen beieinander und blätterten durch die Seiten. Soldaten, Panzer, jede Menge Einsatzfahrzeuge und Armeezelte waren zu sehen. Wie ein Krieg jedoch sah das nicht aus.

„Ein Manöver vielleicht?", mutmaßte Simone und gab meiner Erinnerung Zündstoff. Tatsächlich war doch während meiner Zeit bei der Volksarmee, im Jahre 1987, dieses gewaltige Manöver des Warschauer Paktes abgehalten worden. Auf einem riesigen Militärgelände übten Streitkräfte aus der DDR, ČSSR, der Sowjetunion und Polen, wie sich im Kriegsfalle ein militärisches Bollwerk gegen den Westen errichten ließe. Mehrere Wochen war ich in den 1980er-Jahren in Polen und inmitten dieses unglaublichen Spektakels gewesen. Nun stand mir in einer Art Wachtraum auch wieder jener Vorgesetzte gegenüber, der mich nach meinen Worten so maßregelnd angesehen hatte. Erneut forderte ich den Mann auf, endlich zu handeln.

„Die Russen kommen, wir müssen weg!"

Ich wusste es genau. Eben waren drei Kameraden und ich von einer nächtlichen Erkundungsfahrt in unser Camp zurückgekehrt und hatten die befreundet-feindlichen Truppen anrücken sehen. Der Kommandant unternahm dennoch nichts und schien das Manövergeschehen kaum ernst zu nehmen.

„Gehen Sie mal nach vorne und gucken!", forderte ich den Vorgesetzten aufgeregt auf. Drängelte und maßregelte ihn wohl etwas zu sehr. Am kommenden Morgen jedenfalls standen einige Volksarmisten vor mir und wollten mich festnehmen.

„Festnehmen?", verstand ich unsere sozialistische Welt nicht mehr. „Was bitte soll ich denn getan haben?"

„Beleidigung eines Vorgesetzten", hielten sie mir entgegen. „Sie wissen, was darauf steht?"

Das wusste ich tatsächlich. Angstschweiß trat mir auf die Stirn. „Vier Jahre", sagte ich leise.

„So ist es", erwiderten die Kameraden in einem Tonfall, als brächten sie mich umgehend in eine Zelle, um deren Tür erst 48 Monate später wieder zu öffnen.

„Ich war wohl etwas aufgeregt wegen des Manövers", versuchte ich meine forsche Art der Ansprache des Vorgesetzten zu entschuldigen. „Und wollte doch nur alles richtig machen."

„Erklären Sie das mal dem Oberst", teilten sie mir das weitere Vorgehen mit und eine halbe Stunde später saß ich vor ihm. Gelassen blickte der Oberst mich an. Neben ihm hockte die beleidigte Leberwurst, die mich angeschwärzt hatte.

„Hören Sie", erhob der Oberst seine Stimme und sah, nach einem kurzen Blick in meine Richtung, nun die Leberwurst an. „Genosse Fall hat nur noch drei Monate in der Armee, dann geht er nach Hause. Ich denke ..."

Angespannt hing ich dem Mann an den Lippen. Was dachte er wohl? Dass mir eine Strafe oder Rüge zum Ende meiner Dienstzeit noch guttäte? Dass eine Zeit hinter Gittern meine Zunge bändigen würde?

„Ich denke, wir sollten nichts davon machen", vernahm ich nun den gesamten Satz des Oberst und atmete auf. „Genosse Fall wird sich ja sicher entschuldigen."

„Natürlich", stimmte ich umgehend zu. „Wie gesagt, ich war ja nur aufgeregt und wollte alles richtig machen. Entschuldigen Sie bitte mein unangepasstes Verhalten."

Der Oberst nickte, die Leberwurst ebenfalls und die Sache war gegessen. Simone klappte das Fotoalbum zu. Das ganze Schlamassel von einst beim Manöver war mir wieder eingefallen. Eigentlich hätte meine Erinnerung gut darauf verzichten können, aber seine Vergangenheit kann man sich eben nicht aussuchen, sie gehört dazu und ist unser Leben.

Ganz genau wie jener Trubel zu meiner Vergangenheit gehört, in den ein Freund und ich während eines Besuchs in Ostberlin hineingeraten waren. Er war ein echter Büchernarr und wir Zwanzigjährigen tigerten auf der Straße Unter den Linden sowie in den benachbarten Straßen auf der Suche nach Buchläden herum. Mindestens vier Mal passierten wir, ohne dem eine Bedeutung beizumessen, innerhalb einer Stunde die russische Botschaft. Beim fünften Mal bauten sich plötzlich zwei Soldaten vor uns auf.

„Schnüffeln, wasss?", sagte einer der beiden wie ein Handkantenschlag, während der zweite Soldat uns an den Oberarmen ergriff. „Mitkommen. Hier in Botschaft."

Uns blieb keine Wahl. Die Wachposten führten uns in das

unheimliche Gebäude und einige Gänge entlang.

„Du dort sitzen", wies einer der Posten meinen Freund an, auf einem Stuhl Platz zu nehmen, der einsam und verlassen am Ende des Ganges stand. Der andere Soldat zeigte derweil erst auf mich und dann auf einen zweiten, bestimmt dreißig Meter weiter am gänzlich anderen Ende des Flures stehenden Stuhl. „Und du dort sitzen."

So saßen wir Freunde schließlich wegen des Verdachts der Spionage in maximaler Entfernung voneinander im Flur der russischen Botschaft in Ostberlin und zitterten vor uns hin. Nach geraumer Zeit winkten die Russen erst meinen büchervernarrten Freund, dann mich in jeweils ein anderes Büro. Plötzlich saß ich unserem, wie es in der DDR hieß, Großen Bruder gegenüber und fühlte mich tatsächlich unendlich klein. Mehrmals erklärte ich, warum mein Freund und ich wie verwirrt in der Gegend rund um die Botschaft herumstreunten.

„Bücher?", wollte der Große Bruder wissen. Ich nickte und wiederholte das Wort noch einmal. „Ja, Bücher."

Weit entfernt in einem zweiten Verhörzimmer sagte mein Freund offenbar dasselbe und schwärmte von den tollen sozialistischen Buchläden, die er suchte. Da wir uns auf den ganze dreißig Meter auseinander stehenden Stühlen nie und nimmer hätten absprechen können, glaubten die Russen, was wir sagten, die Türen ihrer Botschaft fielen hinter uns ins Schloss und wir standen um eine Erfahrung reicher auf der Straße Unter den Linden.

Mein Ort war nicht mehr der Führerstand. Seit einem Schreiben aus dem Jahr 2008 war unumstößlich klar, dass sich das nicht mehr ändern würde. Tränen liefen mir über das Gesicht. Ich erinnerte den Moment, in dem die Postbotin mir den Brief reichte. Ein Schreiben von der Bahn. Wie so oft. Sicher eine innerbetriebliche Information, eine uns Lokführer betreffende Veränderung, die sie mir mitteilten. Schließlich war ich ja einer von ihnen, ein Bahnangestellter. Unbedarft las ich den Brief, während die Sätze sich zunehmend um meinen Hals legten und mich zu erdrosseln schienen. „Sehr geehrter Herr Fall, ... ihre Verabschiedung mit den Kollegen feiern, die sie im Vorruhestand willkommen heißen möchten." Ich setzte mich und spürte nichts als Traurigkeit. Sie konnten bei der Bahn nichts mehr mit mir anfangen. Das hieß es doch. Dahin hatte der Täter mich getreten.

Alle hatten sie einst den Eintrag im Eisenbahner-Blog gelesen. „Der angegriffene Lokführer ist gestorben." Jetzt begrüßten mich die Kollegen auf meiner Verabschiedung. „Mensch, Bodo, was ist das schön, dich zu sehen!", gesellten sie sich zu mir und wir plauderten bis jemand rief. „Komm, alter Junge, wir haben einen Arbeitsauftrag für dich, jetzt kannst du dich beweisen und darfst endlich wieder fahren!" Verwirrt schaute ich mich um. Was pochte mein Herz. Fahren? Sie wollten, dass ich mich in eine Lok setzte und losfuhr? „Hier, Bodo, nimm mal Platz!", forderten weitere Rufe mich auf und ich sah, was sie meinten. Ein Fahrsimulator für das Lokführertraining stand bereit. Unter Jubelrufen kletterte ich hinein und setzte mich. Alles sah aus wie in einer richtigen Lokomotive, war bis ins Detail nachgebaut worden. Das erkannte ich wohl. Was aber zu tun, wie eine Lok zu bedienen war, wusste ich nicht mehr. Mit dem Kopfhörer über meinem löchrigen Gehirn starrte ich auf die Armaturen. Draußen nahmen sie die Einstellungen für meine Abschiedsfahrt vor. Einige Minuten würde das dauern. Ich versuchte, mich zu konzentrieren. Wofür waren diese ganzen Hebel und Anzeigen? Und das Steuerrad? Fuhr ich nicht auf Gleisen, warum bitte sollte ich ein Lenkrad festhalten? Ich legte die Hände darum. Wie gut es sich anfühlte, das Rad ein wenig zu bewegen. „Das ist kein Lenkrad", stiegen plötzlich Erinnerungen in mir auf. Ich wusste es wieder. Einfach so war es mir eingefallen. „Damit regelt man die Geschwindigkeit." Meine Blicke schweiften über die Anzeigen und Hebel. „Ja, der ...", betrachtete ich einen der Schalter: „Der ist doch für die Türöffnung, dieser für die Geschwindigkeit und da drüben sind die Bremsen." Vorsichtig legte ich meine Hand auf einen der mir nahen Hebel. „Den brauche ich, wenn ich losfahren will."

Es war ein Heimkommen. Von immer mehr der Hebel, Knöpfe und Anzeigen wusste ich nun wieder, wofür ein Lokführer sie braucht. „Natürlich ist das so", lächelte ich,

„ich bin schließlich ein Lokführer." „Bodo", unterbrach eine Stimme meine Gedanken: „bist du startklar?" Das war ich und rief es hinaus. „Alles klar, auf geht's."

„Gut, Bodo, dann ab die Lok! Du wirst sehen, wir haben alles da – Regen, Schnee und Sonnenschein." Wie ein Sonnenschein saß auch ich in dem Simulator und ließ den Bahnsteig hinter mir. Ein Glücksgefühl erfüllte mich. „Ich bin wieder da! Darf Lokomotive fahren. Ganz, wie es bei uns Familientradition ist. Häuser zogen an mir vorbei, ein Bahnübergang und einige Felder. Meine Hände schienen sich verselbstständigt zu haben. Ich staunte nicht schlecht. Offenbar brauchten sie meinen Kopf gar nicht. Wie von allein drehten sie das Rad vor mir, betätigten Hebel und Knöpfe, wussten, wie eine Lokomotive zu steuern ist. Nach zwanzig Minuten stieg ich aus dem Simulator und wurde von Beifall begrüßt. Auf mehreren Monitoren hatten die Kollegen meine Fahrt verfolgt. „Bodo, komm rüber zu uns", rief eine vertraute Stimme. „Jetzt möchte deine Tochter noch etwas fahren." Fröhlich betraten Fränzi und ihr Freund Florian den Simulator, während ich mich zu den Kollegen setzte.

„Mensch, du hast nicht einen einzigen Fehler gemacht", teilten sie mir mit. „Volle Punktzahl." „Vollblutlokführer", lachte ich in die Runde. Alle Kollegen saßen um mich herum und applaudierten. Ich war zurück. So fühlte es sich an. „Hier bin ich wieder, einer von euch." Mit dieser vollen Punktzahl würde ich in einigen Tagen sicher wieder arbeiten dürfen. Ich dachte das wirklich in diesem Moment.

Auch wenn die Bahn Verabschiedung nannte, was wir hier taten. Ich hatte allen gezeigt, was ich draufhatte.

Das würde das Blatt ja sicher wenden. „Lieber Herr Fall", bat mein Vizechef Roland mich alsbald für ein Gespräch an die Seite. Lobte meine Fahrt im Simulator und betonte, was für ein guter und verantwortungsvoller Lokführer ich sei. Schließlich jedoch bekam er nur mühsam über die Lippen, was kein Aufprall je aus meinem Kopf tilgen könnte.

„Leider aber, Bodo, wird das nach deinem schlimmen Zwischenfall nicht mehr gehen ... Du weißt schon ... Du kannst kein Lokführer mehr sein."

Mir liefen die Tränen über das Gesicht. „28 Jahre", sagte ich leise und schaute in die Runde meiner Kollegen. Spürte die Hand des Mannes neben mir auf meiner Schulter.

„Eine solch lange Zeit war ich Lokführer und nun ...?"

Mehr konnte ich damals nicht sagen. Und auch heute ist es mir kaum möglich.

– 15 –

Zweihundert Anfälle im Jahr, zwei oder drei in der Woche. Ganze Serien von Anfällen knallten mich einfach um. Ganz wie der Täter mich mit seinem Fuß einfach weg und in den Abgrund meines Lebens getreten hatte, aus dem ich beinahe nicht wieder hatte herausklettern können. Jeder Anfall erinnerte mich auch an den Täter, wieder sah ich seinen Fuß, den Tritt gegen meinen Körper und spürte den Fall.

Den Fall – ganz wie mein Nachname. Es ist schon finster, wie sich dieser auf eine schreckliche Weise erfüllt hat, während ich die 29 Stufen herunterstürzte. Künftig sollte ich nun zweihundert Mal im Jahr ins Taumeln geraten, wieder fallen und fallen und fallen.

Wobei ich bald lernen sollte, die kleineren Anfälle abzufedern. Ich spürte sie kommen, bemerkte, dass etwas schiefläuft in meinem Körper, legte mich hin oder setzte mich. So ging es manchmal. Die großen Anfälle aber kamen schlagartig, schossen plötzlich durch meinen Körper und rissen mich zu Boden.

Natürlich konnte ich aber nicht immer daheimsitzen und warten, dass es mich wegschießt. Als Lokführer war ich gewohnt, dass etwas abläuft im Leben, die Landschaften, Städte, Bahnhöfe und Stationen an mir vorüberziehen, ich bremse und halte, Menschen einsteigen oder Güter verladen werden, bis ich wieder losmache.

Das war mein Leben. „Wenn ich jetzt aus Angst vor dem nächsten Anfall rund um die Uhr im Wohnzimmer hocke", war mir klar, „drehe ich durch und kann mir gleich den Strick nehmen."

Also ging ich raus, nahm am Leben teil, Simone und ich machten unsere Besorgungen und irgendwann schnappte ich mir auch wieder mein Fahrrad. „Das ist meine Welt", radelte ich los und liebte den mich einhüllenden Wind. Derart frei und glücklich hatte ich mich schon lange nicht mehr gefühlt. Endlich dachte ich einmal nicht an das ewige Ringen um meine Gesundheit und daran, wie es mit meinem Leben weitergehen würde. Ich fuhr, spürte meine zunehmend schneller kreisenden Füße, erfreute mich am Zischen der Reifen auf dem Asphalt und dem großen Glück des Radfahrens, das mich innerlich beinahe leuchten ließ.

Großartig fühlte sich meine Tour an. Mein Gehirn hatte aber offenbar Probleme mit diesem Glücksgefühl. Ein Anfall baute sich auf. Es war keiner von den schwachen, die ich als diffuse Unsicherheit in mir spürte. Es war einer der mächtigen Anfälle. Er kam, meine Füße erstarrten, die Kette surrte hilflos, mir wurde schwarz vor Augen, das Fahrrad geriet ebenso ins Zittern wie mein Körper und ich stürzte.

Wieder ein Sturz. Einer von vielen. Schmerzen – wie so oft. Liegenbleiben. Das Fahrrad unter meinem Körper spüren. Den harten Stahl. Den gebogenen Lenker, wie er sich gegen meinen Oberkörper schiebt. Mein Kopf, der wieder auf den Boden schlägt. Bodo mit dem Helm. Sonst ginge es gar nicht.

Für die Passantin muss es schrecklich gewesen sein, mich und mein Fahrrad am Wegesrand aufzulesen. Kaum mehr als ein dumpfes Stöhnen erklang aus meinem Mund, nur sehr langsam kam ich wieder zu mir.

„Geht schon", sah ich in die entsetzten Augen der sich über mich beugenden Frau. „Nur wieder ein Anfall."

Wie ich das sagte. „Nur wieder ein Anfall." Diese Monster waren wirklich zu meinem Alltag geworden.

Verstört und hilfsbereit half die Frau mir auf. Stellte auch mein Fahrrad wieder auf die Reifen. Wieder einmal rief ich Simone an. Fütterte ihre Angst um mich immerfort mit neuen Zwischenfällen. Wie ich das hasste. Wusste ich doch genau, wie sehr sie unter dem Gedanken litt, mich nach einem Anfall plötzlich tot in der Ecke zu finden. Zack, aus – so viele Jahre mit Bodo einfach vorbei.

Nach einigen Wochen stieg ich wieder auf mein Fahrrad. Alles lief wie geschmiert. Bei der nächsten Tour allerdings spürte ich einen Anfall in mir aufsteigen, setzte mich neben mein Rad und nahm eine der Notfalltabletten, die ich in der Klinik bekommen hatte. Trotzdem durchzuckte es mich. Der Anfall war stärker als mein Wille und jede Tablette. Hilflos sackte ich zusammen.

Ich war zu langsam gewesen. Nicht mit dem Rad, das lief klasse. Doch aber mit meinem Sensorium für die Anfälle und der Einnahme des Notfallmedikaments.

Zunehmend gelang es mir, die Tabletten bei den kleinsten Anzeichen eines Anfalls sofort zu schlucken. Ob das kleine Ding das große Zucken aufhalten würde, war dennoch ungewiss. Fünf Minuten dauerte es, bis das Notfallmedikament seine Wirkung entfaltete. Eine verdammt lange Zeit, wenn der Körper verrücktspielt.

Inzwischen hat eine Notfallspritze die Tabletten abgelöst. Spüre ich Anzeichen eines Anfalls, schieße ich mir die Medizin aus der Spritze einfach in den Mund und warte ab, ob ich gleich noch sitze oder schon falle. Die Spritze wirkt deutlich schneller, als die Tabletten es taten. Zufrieden nahm ich sie einst mit mir typischen Worten von der Ärztin entgegen: „Ist doch wunderschön!"

– 16 –

Schon wieder eine Treppe. Stürmisch und brutal drängelte sich die junge Frau auf der Rolltreppe an mir vorbei. Es war in unserem Norwegenurlaub im Jahr 2007. Lediglich fünf Stufen und ich wäre sicher unten angekommen. Mit meinem vom Fahrradsturz zerschlagenen Arm aber fand ich keinen Halt, krachte gegen den Handlauf und hörte es gleich mehrmals knacken.

„Acht Mal gebrochen", demonstrierte der Arzt mir auf dem Röntgenbild die einzelnen Bruchstellen. „Ein Bruch vom Radsturz und sieben von ihrem Sturz auf der Rolltreppe."

Da war es wieder. Mein Sturz. Wieder ein Sturz. Wenngleich auch ein harmloser gegen jenen, der vor dreizehn Jahren, am ersten Weihnachtstag 2006, mein Leben in die Tiefe und viel davon zerrissen hat.

Vieles ist für immer zerstört.

Gleichwohl habe ich nicht aufgegeben. Erobere mir nach elf der gewaltigsten Operationen mühsam, aber fortwährend etwas von dem verlorenen Leben und dessen Qualität zurück. Riechen und schmecken werde ich nie wieder können. Warum soll ich nicht trotzdem ein Gericht kochen? Ich tue es nun mal gern, schneide die Zutaten und stehe neben den brutzelnden und kochenden Speisen am Herd. Dutzende Rezepte fotografierte ich in den Wartezimmern und Bibliotheken der Krankenhäuser. Erntete dämliche Blicke und Geschwätz. „Der Typ mit dem Helm kann ja eh nix riechen und schmecken."

Ich fotografierte und kochte trotzdem weiter. Weil es mir Freude bereitet. Und weil noch keiner vom Nachwürzen gestorben ist.

Ob ich meine Wortfindungsstörungen loswerde, weiß nur der Geier. Die Ärzte jedenfalls wissen es nicht. Noch heute bastel' ich Ausdrücke zusammen, die es in dieser Form gar nicht gibt. Ringe mit mir um zusammengesetzte Wörter wie Staubsauger oder Schraubenzieher. Kriege sie nicht aus meinen Gehirnwindungen. Vor einigen Jahren brachte mich das zur Verzweiflung. Heute sauge ich dann eben Staub oder drehe auf der hilflosen Suche nach dem Wort Schraubenzieher einfach eine Schraube rein.

Schüttelte ich in diesen Tagen meinen Tablettenbutler, klötert es darin immer noch ordentlich. Einst jedoch war die Plastikdose derart prall gefüllt, dass sie bei einer Bewegung keinerlei Laut machte. Demgemäß bin ich heute fast medikamentenfrei.

Autos und meine geliebten Lokomotiven werde ich niemals mehr fahren dürfen. Irgendwie gelange ich dennoch ans Ziel. Vor allem, weil mich heute kaum mehr als drei oder vier Anfälle im Jahr aus der Bahn werfen. „Ist ja wunderschön", lasse ich die Ärzte dazu mein Lieblingswort, hören. „Ein ganz anderes Leben."

„Dramatisch besser", scherze ich manchmal, wurde es seit dem Sommer 2018 mit meinem Erinnerungsvermögen. Plötzlich konnte ich mich auch wieder an alle Loks erinnern und zähle ihre Nummern zum Beweis hier gerne noch einmal auf: 105, 106, 110, 118, 130, 132, 475, 476, 477, 480, 481, 485 und sicher noch einige mehr.

Dass ich nicht mehr in einem ihrer Führerstände sitze und die Gleise unter mir wegzischen, ist natürlich ein unersetzlicher Verlust für einen Lokführer wie mich. Fahren tue ich die Loks dennoch. Eine 130 und 132 jedenfalls habe ich zum Geburtstag bekommen. Klein und handlich natürlich. Kaum aber drehe ich den Trafo hoch, rauschen sie über meine Modelleisenbahnstrecke, die in den kommenden Jahren ordentlich wachsen wird.

„Ich sehe uns beide schon unter den Spanplatten rumkrabbeln und die Kabel ziehen", witzelt Simone manchmal.

„Mit dir immer gerne", kann ich da nur sagen. „Und dann hocken wir dort, bis ich 101 werde."

Das habe ich mir nämlich vorgenommen!

Alles Gute wünscht

Euer Bodo